Lazarillo Z

Lázaro González Pérez de Tormes (n. 1502-†?), natural de Tejares, Salamanca, es el nombre completo del personaje a quien todos hemos conocido como Lazarillo de Tormes. En 1552, si no antes, llegó a las imprentas una versión espúrea de los hechos de su vida, supuestamente contados por él en primera persona, en el volumen *La vida de Lazarillo de Tormes y de sus fortunas y adversidades*. Ahora, cinco siglos después de su nacimiento, los lectores de todo el mundo conocerán su verdadera historia.

Óscar Sanmartín Vargas (1972) es ilustrador y diseñador gráfico. En la actualidad, se dedica a la realización de carteles, cubiertas de libros y portadas de discos. Ha ilustrado los álbumes *Leyendario. Criaturas de agua y Guía de hoteles inventados* junto al escritor Óscar Sipán, y *Eran morenos y de ojos dorados*, basado en el relato homónimo de Ray Bradbury. También ha trabajado en cine y televisión participando en la dirección de arte y en la construcción de decorados para largometrajes y series televisivas, así como en el diseño de escenografías teatrales y anuncios publicitarios. En 2005 ingresó en la Cátedra Pickman de Arte de la Universidad de Miskatonic en Massachusetts.

Para más información, visita su página web:
www.oscarsanmartin.com

También puedes seguir a Óscar Sanmartín Vargas en Facebook e Instagram:
 Óscar Sanmartín Vargas
 @oscarsanmartinvargas

Lázaro González Pérez de Tormes
Lazarillo Z

Ilustrado por
Óscar Sanmartín Vargas

DEBOLS!LLO

Han sido numerosos los documentos, artículos e incluso ensayos que han intentado dar cuenta de los trágicos sucesos acontecidos en el hospital de San Bartolomé durante la madrugada del 14 de septiembre de 2009, aceptados por todos como el primer brote conocido de la pandemia letal que se ha extendido por el país desde entonces. Dada la falta de datos concluyentes, y por respeto al secreto de sumario, en esta edición hemos optado por una recreación de la escena. A pesar de que la mayor parte de lo narrado en esta introducción ha sido debidamente contrastado, no podemos negar que la falta de testigos nos ha obligado a rellenar ciertos huecos usando la lógica y la intuición. Lo que van a leer, pues, no pretende ser el relato exhaustivo de esos hechos, sino una aproximación más o menos fidedigna a lo que la prensa ha dado en llamar «la macabra cena de San Bartolomé».

14 de septiembre de 2009 / 1.00

La habitación estaba vacía. Las sábanas, finas y levemente arrugadas, eran la única muestra de que alguien se había acostado en aquella cama. Apoyadas sobre ellas, ahora inertes, las gruesas correas de cuero perfectamente ajustadas recordaban a cualquiera que posara los ojos en ellas que aquel cuarto —a pesar de los amortiguados y amables tonos grises de las paredes, del estor impersonal en color blanco hueso y de la alfombra de rayas a juego, absurdamente pequeña— era menos acogedor de lo que parecía a primera vista. Sólo tres horas antes, sobre las diez de la noche, justo cuando se desataba la tormenta que se prolongaría hasta la madrugada, aquellas correas habían aferrado con fuerza las muñecas de un paciente para evitar, según constaba en el informe que el doctor Torres tenía ahora en la mano, que el hombre allí acostado se lastimase a sí mismo. La verdad, siempre menos altruista y pocas veces puesta por escrito, era que el enfermero de guardia, un joven obeso, algo asmático y con tendencia a la sudoración excesiva, sentía un placer no del todo sano en atar a los enfermos, y aprovechaba la menor muestra de agitación por parte de estos para dar rienda suelta a ese fetichismo que, en su opinión, tampoco hacía daño a nadie.*

Lo extraño, lo que en ese momento tenía estupefactos tanto al doctor como al obeso enfermero de guardia, cuyas glándulas sudoríparas reaccionaban con alegre generosidad a aquel estímulo imprevisto, era que aunque las correas seguían firmemente apretadas, el brazo, y por extensión el cuerpo entero, del paciente de la 1525 se había desvanecido por completo. Cuando el enfermero realizaba la segunda ronda de la noche, alrededor de las doce y media, se había encontrado con la curiosa escena que el doctor Torres contemplaba ahora con una mirada que quería ser analítica pero que reflejaba el más puro y simple desconcierto. Era del todo imposible que el paciente —ese tal Lázaro González Pérez, caucásico, de metro setenta y tres de estatura, sesenta y nueve kilos de peso, edad indefinida (entre 25 y 35 años había anotado la persona que había rellenado la hoja de ingreso), dirección desconocida y aquejado de un cuadro de ansiedad agudo y persistente con alucinaciones paranoicas y desorientación espacio-temporal— hubiera podido soltarse de las correas (al mejor estilo Houdini), levantarse de la cama y, vestido con aquel camisón traslúcido y vergonzante, abrir por

---

* En la taquilla del malogrado enfermero, Joaquín Arroyo, se encontraron varias revistas dedicadas al *bondage* y a otras prácticas relacionadas con el mundo del sadomasoquismo.

dentro la puerta blindada magnéticamente para luego volver a cerrarla con esa misma tarjeta (que nunca había salido de manos del enfermero) y huir del pabellón psiquiátrico del hospital de San Bartolomé sin que nadie se percatara de ello.

El doctor Torres, que era de los que creían que quedarse parado era síntoma de ineficacia, avanzó con paso firme hacia la cama y apartó las sábanas, como si esperara ver al paciente escondido debajo, cual niño travieso que quiere dar un susto a sus padres. Pero en este caso sólo vio el colchón con su estampado de manchas de orígenes dudosos, mientras un trueno retumbaba con ironía para enfatizar lo ridículo de su empeño.

—¿No habría que avisar a seguridad? —preguntó el enfermero, en la más pura técnica de desviar el problema hacia instancias distintas.

El doctor asintió e hizo un gesto con la mano, sin volverse, para indicarle que actuara inmediatamente. Al menos dejaría de oír esos jadeos entrecortados y podría pensar con claridad. Pero en contra de lo que solía sucederle, concentrarse en el problema no trajo resultados sino más preguntas. ¿Dónde se había metido ese tipo? ¿Qué era esto, una broma? En un preciso arranque de malhumor dirigió la mirada hacia los rincones superiores de la habitación, esperando encontrar una cámara oculta: nada, sólo unos restos de humedad que habrían hecho las delicias de Rorschach le observaban desafiantes desde el rincón más alejado de la cama. Un olor agrio le invadió la nariz, pero se desvaneció enseguida.

Pocos minutos después llegaban los de seguridad,* y lo inaudito de la situación quedó sofocado durante un rato por el papeleo burocrático de los informes que había que rellenar y firmar por triplicado. Eso era algo que todos los allí presentes afirmaban detestar, pero que aquella noche abordaron con más entusiasmo del habitual. Trasladada al papel, la desaparición de Lázaro González Pérez dejaba de ser un misterio para convertirse en una incidencia. Y las incidencias eran algo común, fastidioso pero habitual, como las moscas en verano; tenían fecha, hora, descripción, un cuadradito para la firma... Lo mejor de los informes de incidencias, se dijo el doctor Torres, era que en ningún apartado se pedían explicaciones ni se preguntaban porqués.

Pero hora y media más tarde, a solas en su despacho, el responsable de psiquiatría de San Bartolomé, el doctor Enrique Torres, especializado en anorexia y bulimia en adolescentes, ya no podía fingir que el porqué, y sobre todo el cómo, no le intrigaban. Rele-

---

* En los informes aparecen las firmas de Juan Dámaso Villar y María del Pilar Gómez como vigilantes de seguridad. Se ha especulado mucho sobre el paradero del primero de ellos, ya que su cadáver no fue encontrado entre los restos de las once personas asesinadas. A fecha de hoy las autoridades siguen buscando a Juan Dámaso Villar, a quien la prensa ha bautizado como «Judas Villar», o «el cojo», ya que podría ser el único superviviente de las trece personas que se hallaban en el hospital la noche de la «macabra cena».

yó por tercera vez las anotaciones del ingreso del paciente fantasma, como había dado en llamarle, mientras en el exterior la lluvia castigaba con insistencia los cristales. Al parecer, y traduciendo el informe en términos populares y añadiéndole detalles de cosecha propia (algo que el doctor hacía desde sus tiempos de estudiante para quitarle hierro a las cosas),* al tal Lázaro González le había dado una especie de jamacuco en plena Casa del Libro. Al grito de «¡Todo es mentira!», «¡Ya se acercan!», «¿Por qué no me creéis?», se había liado a trompadas con la sección de clásicos de la enorme librería. No contento con tirar al suelo todas las obras desde Anónimo hasta Quevedo, Francisco de, había cogido los episodios nacionales de Galdós y los había convertido en armas arrojadizas contra empleados y clientes. A todo esto, el vigilante de seguridad de la librería había salido a fumarse un cigarrillo (escapadita que seguro que planificaba para coincidir con la chica de la copistería de la esquina), con lo cual al pertinaz Lázaro le dio tiempo de sacarse un encendedor del bolsillo y prender fuego a la mesa de novedades. Se dispararon las alarmas, los clientes (que al principio se divertían) empezaron a asustarse, y el guardia de seguridad, viéndose en la cola del paro, decidió que se iría, sí, pero con la cabeza bien alta, y asestó un par de mamporros al causante de su futura crisis econó-

---

* Según consta en «Enrique, mi padre», artículo publicado el 7 de octubre en el dominical del periódico *El Mundo* y firmado por Alberto Torres, hijo del doctor y licenciado en periodismo.

mica.* En un estado que bordeaba la histeria, entre risas, gritos y amenazas, la policía se llevó a un magullado Lázaro González a comisaría y de allí, en un alarde de rapidez y eficacia, al pabellón del antiguo hospital psiquiátrico de San Bartolomé, ahora especializado en trastornos de la alimentación. La doctora Magdalena Bermejo había firmado el ingreso y sedado al paciente, que seguía muy agitado y gritaba incoherencias en las que se mezclaban delirios satánicos y algo que podría llamarse complejo de Quijote, ya que los libros, según el tal Lázaro, eran la fuente de todos los males. Nada destacable: daba lo mismo que fueran ángeles, demonios u hombrecitos verdes que vivían debajo de las teclas de los móviles. Un delirio paranoico era un delirio paranoico, y la doctora Bermejo había enviado al paciente a la 1525, una de las seis habitaciones para casos agudos que estaba libre desde la remodelación de los servicios del hospital. Hasta ahí todo normal. Hasta ahí...

El doctor Torres echó la cabeza hacia atrás y entrecerró los ojos. Era un hombre de gestos medidos, que casi siempre controlaba tanto el tono de su voz como su lenguaje no verbal. En ese momento era la viva estampa del médico consternado, el hombre de sienes plateadas que reflexiona pesaroso; luego, como si el trueno que acababa de resquebrajar el cielo noc-

---

* Crisis que no ha llegado a producirse, ya que sus numerosas entrevistas en medios de comunicación así como el relato en primera persona «Yo capturé a Lázaro González» le han asegurado hasta el momento unas rentas saneadas.

turno le hubiera sacado de su letargo, se levantó de un salto y recogió las pertenencias del paciente fantasma que había hecho sacar de la taquilla. Una camisa de cuadros, ni nueva ni vieja; un pantalón de pana marrón desgastado en las rodillas, y una especie de macuto militar, eran los únicos objetos que Lázaro había traído al hospital. El doctor supuso que también llevaba zapatos y ropa interior, pero al parecer estos se habían quedado en la taquilla. Revisó las notas. Pues no, el paciente había llegado descalzo al hospital. La camisa desprendía un hedor agridulce que al doctor le recordó el de las papillas de sus hijos, un olor que siempre le había repugnado, pero al que se había sobrepuesto en un esfuerzo por ser un padre activo y presente, como mandaban los cánones de las últimas décadas del siglo xx.

Abrió entonces el macuto, que sin duda contenía algo a juzgar por el peso, y de él sacó un termo y un montón de folios sujetos con una goma de pollo, arrugados en los bordes y escritos a mano en una letra alambicada, poco masculina, casi de otra época.* Un simple vistazo le dijo que aquello debía de ser un manuscrito, una novela escrita por el paciente. Las piezas comenzaron a encajar, y el doctor Torres sonrió para sus adentros. Autor rechazado, genio incomprendido, librería destrozada, volúmenes hechos trizas... No había que ser un genio para atar cabos. El

---

* Estudio grafológico a cargo de la doctora Isabel Sanchís, publicado bajo el título de *Lázaro, ¿verdad o mito?* por esta misma editorial.

pobre Lázaro González, harto de recibir amables cartas de cditoriales que rechazaban su obra magna, había perdido la chaveta y se había lanzado a la destrucción de los libros que hacían la competencia al suyo, inédito. Lo que le extrañó fue la primera frase del testamento literario del paciente, apenas legible porque había sido tachada: «Yo por bien tengo que cosas tan señaladas, y por ventura nunca oídas ni vistas, vengan a noticia de muchos, y no se entierren en la sepultura del olvido».

El doctor levantó entonces la vista hasta la parte superior de la página, donde unas letras grandes y floreadas componían el título: LA VIDA DE LÁZARO DE TORMES, Y DE SUS LUCHAS Y TRANSFORMACIONES. Se dejó caer en la silla, en un gesto de sorpresa tan estudiado como el anterior de preocupación. ¡Pobre Lázaro González! ¿De verdad estaba tan loco para copiar el *Lazarillo* (un libro que el doctor siempre había confundido con aquel tostón del burrito, ¿cómo se llamaba?) y enviarlo como si fuera una obra inédita? ¿O acaso su propio nombre le había dado la idea? ¿Creía ser el Lazarillo?

El doctor Torres no era un gran aficionado a los clásicos, y mucho menos a los clásicos españoles, que le parecían rancios y le recordaban a su época escolar, plagada de collejas propinadas por los otros niños y de tardes mortalmente aburridas; de hecho sólo leía sobre temas profesionales, así que jamás habría empezado aquel manuscrito de no haber sido por el termo. Lo agitó y, tras desenroscar la tapa, metió el dedo. Lo que sacó fue una sustancia rojiza y pegajosa que al principio no identificó. Un segundo después, sin embargo, soltaba el termo y sacudía la mano en un ademán que no tenía ya nada de estudiado. Porque, sin lugar a dudas, aquel frasco contenía pura y llanamente tres cuartos de litro de sangre.

El resplandor de un relámpago acuchilló la ventana e hizo temblar la luz de la lamparita de mesa. La lluvia caía desesperada, insultante, y un escalofrío recorrió la espina dorsal del doctor. La idea de que alguien llevara a la vez un manuscrito absurdo y un termo lleno de sangre era ya demasiado surrealista para un psiquiatra en la cincuentena, soportablemente casado y padre de dos hijos jóvenes (heterosexuales y no adictos a ninguna sustancia ilegal), cuyas únicas preocupaciones eran el golf y la sombra de la impotencia que se cernía sobre su esporádica vida marital. En el mundo del doctor Torres había un club, una esposa amable y siempre atareada, catálogos de viajes a destinos exóticos siempre en hoteles de lujo; no quedaba sitio para detalles macabros, ni para pacientes desaparecidos, ni para sangre conservada en frío...

Sin embargo, tal vez invadido por esa curiosidad romántica y un punto morbosa que muchos años atrás le había impulsado a estudiar psiquiatría para descifrar los entresijos de la mente humana, el doctor se sentó en la silla del despacho y se puso las gafas para vista cansada que le había regalado su mujer; agarró el manuscrito con ambas manos como si pudiera escapársele debido al viento que soplaba con furia en el exterior y comenzó a leer. La lluvia y los truenos, convertidos en una desasosegante banda sonora, acompañaron la lectura de aquellas palabras delirantes y lúcidas, de aquellas frases que poco a poco fueron transportándole hacia otro lugar y otra época, hacia una historia que creía saber y que ya nunca podría olvidar.

La vida de Lázaro de Tormes, y de sus luchas y transformaciones

Prólogo

~~Yo por bien tengo que cosas tan señaladas, y por ventura nunca oídas ni vistas, vengan a noticia de muchos, y no se entierren en la sepultura del olvido.~~

¿Cómo empieza uno a narrar su vida? He intentado usar la primera frase del libro que desde hace siglos pretende ser el fiel relato de mis aventuras, esa historia que los eruditos han dado en calificar como el inicio de la novela picaresca, pero a mi pesar compruebo que es imposible. Ojalá pudiera aprovechar lo que ya está escrito, el hatajo de mentiras y medias verdades que componen la historia de Lázaro de Tormes, ese muchacho avispado y hambriento que se movía por el mundo en la primera mitad del siglo XVI. Lo cierto es que esa época me queda tan lejos, y son tantas las cosas vividas y sufridas desde entonces, que el esfuerzo de rememorarlas y ponerlas por escrito me resulta ímprobo y me siento tentado a desistir. Sin embargo, la gravedad de los hechos que se avecinan, unida a la afrenta de ver convertidos los primeros años de mi vida en un relato embustero e interesado que lleva siglos proclamando falsedades para el consumo de estudiantes e intelectuales, me han decidido a acometer la tarea de redactar lo que tan sólo yo puedo contar. Y es tan escaso el tiempo que me queda que será mejor que no me entretenga y me ponga manos a la obra. ¿Quién diría que después de casi quinientos años debo ahora apresurarme para hacer lo que siempre he sabido que era responsabilidad mía? Para disculparme sólo puedo decir que otros menesteres, más urgentes y peligrosos, han ocupado mi tiempo desde entonces. ¡Pobre excusa!, soy consciente de ello... Pero en mi descargo afirmaré que nunca he sido hombre de letras, sino de acción, y que desde luego no pretendo aquí nada más que contar la verdad. La sangrienta y cruel verdad que ha sido escamoteada durante siglos mediante poemas místicos, novelas de caballerías y, cómo no, relatos anónimos conmigo de protagonista. Dejad que proteste al menos una vez por la explotación a la que mi persona ha sido sometida: no contentos con usar mi nombre y partes de mi vida en la trama urdida por el poder para falsear la historia, he servido de inspiración a pintores, escritores y cineastas, e incluso he dado nombre a esos perros fieles, tontos de tan buenos, que acompañan a los invidentes. ¡Yo, que fui el peor lazarillo, valga la redundancia, y abandoné al pobre ciego a su terrible suerte!

No. Debo hacerlo, por mucho que me pese; debo dejar constancia de mi larga vida, y no puedo entretenerme en florituras ni adornos vacuos. Lo que leeréis os revolverá las tripas y desafiará vuestra razón;

lo que leeréis quebrará el mundo tal y como lo habéis entendido hasta ahora. No os gustará, pero tenéis derecho a saberlo: mi fracaso significa vuestra condena.

Así que, ya que he decidido tomarme la molestia de refutar el absurdo concepto que tenéis del siglo en que nací, espero que hagáis el favor de leerlo sin prejuicios ni vacilaciones: veréis cuáles han sido mis luchas, mis transformaciones, mis fortunas y... ¿cómo lo dice el anónimo autor? Ah, sí, «adversidades». Y cuando lleguéis al final espero que hayáis aprendido ciertas cosas que os resulten útiles en la guerra que vendrá; porque mis batallas, queridos lectores, pronto serán las vuestras; mis enemigos serán vuestros verdugos y mis sedientos aliados de la noche se convertirán en los ángeles guardianes que velarán vuestros turbados sueños. Confiad, pues, en lo que voy a contaros y aprended de ello; si no, que la Fortuna, Dios o los astros os guíen en el tenebroso camino que se abre ante vuestros ojos.

TRATADO PRIMERO

Cuenta Lázaro su vida y de quién fue hijo

Cierto es que siempre me han llamado Lázaro de Tormes, y que fui hijo de Tomé González y de Antonia Pérez, naturales de Tejares, una aldea de Salamanca. Mi nacimiento se produjo dentro del río Tormes, y de ahí me viene el sobrenombre. Tal vez os parezca un parto inusual para los albores del siglo XVI, pero en realidad tiene una explicación bastante prosaica: mi padre, cuyo rostro apenas recuerdo, se ocupaba de abastecer de grano a un molino de harina situado a orillas de ese río, y una noche en que mi madre, preñada de mí, estaba en el molino, empezaron los dolores de parto y dio a luz allí. Así pues, nadie puede negarme el hecho de haber nacido en el río. Se decía entonces que los nacidos en el agua están llamados a tener una larga vida, pero creo que nadie pudo sospechar que, en mi caso, eso se cumpliría de manera excepcional.

Saltaré los primeros años de infancia ya que apenas si me quedan recuerdos. Es como si mi vida hubiera empezado no con mi nacimiento sino cuando conocí al ciego, ese hombre astuto como una liebre y traicionero como la serpiente más rastrera que me abrió los ojos hacia lo invisible. Pero no adelantemos acontecimientos. Hay algo a lo que debo referirme, puesto que alteró mi hasta entonces tranquila existencia y marcó el inicio del camino que luego tuve que seguir: cuando yo tenía ocho años acusaron a mi padre de ciertos hurtos en algunos de los sacos de grano que debía moler. Al parecer, el hombre había sido tan torpe al hacerlo que no tuvo más remedio que confesar y la «justicia» se ocupó de él. ¡Justicia! Poco importó que ese mísero grano que sisaba fuera por una causa más justa, alimentar a su familia, que las razones que esgrimieron para castigarle... Tengo poca fe en dioses y cielos, pero espero que al menos el pobre haya alcanzado la paz. Disfrutó, eso sí, de lo que entonces se calificaba de una muerte honrosa: estando desterrado como castigo por su delito, se unió como encargado de las bestias de uno de los caballeros que fueron a luchar en tierras de moros y allí falleció junto a su amo y señor.

Al verse viuda y desamparada, mi madre optó por buscar cobijo y compañía en la ciudad, y hacia Salamanca nos fuimos. Ella alquiló una casita en la que, para ganarse el sustento, daba de comer a varios estudiantes y lavaba la ropa a algunos mozos de caballos del comendador de la Magdalena, lo que la llevó a frecuentar las caballerizas. Y, como la naturaleza es la que es, allí conoció a un negro, encargado de las bestias, a quien, y perdonad la expresión, le frotó algo más que los calzones. Zayd, que así se llamaba el negro, solía venir a verla por las noches y se marchaba de madrugada; o a veces, cuando le podía la calentura, se plantaba en casa por la mañana con la excusa de comprar huevos y mi madre me mandaba a la calle con la orden de entretenerme hasta el almuerzo. Debo admitir que al principio el hombre me daba miedo, pero en cuanto comprobé que con sus visitas aumentaba la comida le fui cobrando aprecio: siempre traía pan, pedazos de carne, y en el invierno leños para la chimenea. De manera que, como era inevitable con tanto fregoteo de bajos, mi madre acabó dándome un hermanito: un negrito precioso al que yo hacía brincar sobre mis rodillas y arropaba por las noches. Y recuerdo que en más de una ocasión, cuando Zayd intentaba coger a su hijo en brazos, éste, al vernos a mi madre y a mí blancos y a su padre negro, huía de él con miedo y señalándolo decía:

—¡Madre, coco!

—¡Serás hijo de puta! —replicaba Zayd, riéndose.

Y yo, a pesar de mi corta edad, me quedaba mirando a mi hermanito y decía para mis adentros: «¡Cuántos debe de haber en el mundo que huyen de otros porque no se ven a sí mismos!».

Pero esos buenos ratos estaban condenados a terminarse, ya que la suerte era, y eso no parece haber cambiado en estos cinco siglos, rácana con los pobres. Las andanzas de Zayd y su nueva familia llegaron a oídos del mayordomo del comendador, y éste, con la mosca detrás de la oreja, no tardó en descubrir que el negro hurtaba la cuarta parte de la cebada que le daban para las bestias, así como piensos, leña, almohazas y mandiles; fingía haber perdido las mantas y sábanas de los caballos y, cuando no tenía otra cosa, incluso desherraba a las bestias con tal de conseguir dinero para su nueva familia. Tal vez ahora eso suene extraño, pero en una época en que clérigos y frailes robaban para mantener a sus mancebas y alimentar a los hijos que tenían con ellas, no es de extrañar que un esclavo hiciera lo propio llevado por un sentimiento más elevado y de mayor necesidad.

Todos los cargos fueron probados, y he de reconocer, mal que me pese, que en parte fue gracias a mi ayuda. Me preguntaban, a gritos y con amenazas, y yo, que era sólo un crío asustado, respondía y descubría cuanto sabía: admití incluso haber vendido ciertas herraduras a un herrero por orden de mi madre. El desgraciado de mi padrastro fue azotado y luego torturado con grasa derretida que le echaron en las llagas causadas por los latigazos, y a mi madre le ordenaron, so pena de recibir cien azotes, que no volviera a pisar la casa del comendador ni acogiese en la suya al lastimado Zayd. Condena absurda, al menos en su segunda parte, ya que de resultas de los latigazos y el pringue mi padrastro contrajo una infección que lo mandó a algún lugar situado entre el infierno y el purgatorio en cuestión de días.

Dejad que haga ahora un alto en el camino. Sé que hasta el momento en poco difiere esta historia de la que vosotros habéis leído siempre, pero es precisamente aquí cuando mi destino comenzó a alterarse. Poco sospechaba yo entonces, siendo aún un muchacho, el papel que la Historia me tenía reservado. A mí: a un mocoso flaco, eternamente hambriento y asustadizo, cuya existencia parecía encaminarse hacia la pobreza y la deshonra. ¿Qué habría sido de ese rapaz si no hubiera sucedido lo que aconteció aquella noche? Tal vez habría terminado mis días en la cárcel por robar una hogaza de pan, o, como mi padre, muriendo en combate contra los moros. En cualquier caso tengo que contaros lo que no sabéis, lo que de manera deliberada mi biógrafo —ese vendido que traicionó mi confianza— enterró para siempre. La noche en que la pesadilla empezó, aunque en ese momento ni yo mismo comprendí su alcance.

Tras la condena y muerte de su amante negro mi madre perdió las ganas de vivir. Se puso a servir en un mesón donde soportaba los manoseos de la clientela, y en cuanto llegaba a casa sucumbía a la más absoluta tristeza. Se pasaba las horas en el camastro, del que apenas se levantaba para alimentar a mi hermanito con lo poco que traía del mesón. Ni que decir cabe que, si para él había poco, mi estómago vivía en un vacío insondable, así que opté por deambular por las calles a la espera de encontrar algo, o a alguien, que se apiadara de mi ayuno. No tenía mucha suerte, pero al menos de vez en cuando conseguía llevarme algo a la boca. Una noche en la que no había obtenido ni un triste mendrugo de pan regresé a casa desfallecido; me temblaban las rodillas y una sensación de debilidad me envolvía todo el cuerpo. Me dejé caer en el suelo, frente a la chimenea apagada, helado y débil. Pasé la mano por los restos de ceniza y me la llevé a la boca: habría vomitado de asco de haber tenido algo que pudiera salir. Al final supongo que el cansancio me venció y cerré los ojos con el deseo de comer ni que fuera en sueños. Me despertó un gemido que al principio no identifiqué. Aún estaba oscuro y tardé unos instantes en recuperar la consciencia. Oí otro grito que procedía del cuarto de mi madre y el llanto de mi hermanito. «¡Madre, coco!». A cuatro patas me arrastré hasta la puerta y pegué el oído a la madera. Llegaron hasta mí entonces unos ruidos que conocía bien: jadeos entrecortados, rumor de ropas, crujidos de cama. Y la voz ronca de mi madre que murmuraba «Zayd, Zayd...». No me atreví a entrar: reculé como un perro al que amenazan con un bastón y llegué hasta la calle. Permanecí a la intemperie hasta que amaneció y la luz me infundió el valor suficiente para volver a casa.

No sabía qué me esperaría allí, pero me encontré a mi madre sentada frente a una mesa vacía. Levantó los ojos al oírme entrar y no dijo nada. Me acerqué a ella y fui a apoyar la mano en su brazo; ella lo apartó antes de que pudiera rozarlo y, como compensación, me dirigió una débil sonrisa. Era la primera vez que sonreía desde hacía semanas. Por un momento tuve la impresión de que todo iba bien, de que lo que había oído la noche anterior había sido una pesadilla, suya o mía, provocada por el ayuno.

Pero entonces un rumor de risas me hizo desviar la mirada: mi hermanito estaba en el suelo, acurrucado en un rincón, más quieto de lo que era habitual en él. El pobrecito levantó la cabeza hacia mí y, como era su costumbre, me sonrió. En cuanto abrió la boca un gusano extraño y oscuro salió de ella, y se deslizó sinuoso por su barbilla; otro le siguió antes de que yo tuviera tiempo de agacharme. En cuanto lo hice, una manada de bichos rebosó de entre sus labios; lo zarandeé, asqueado, y pisoteé con saña esas cosas que caían al suelo: sus cuerpecillos dejaron un rastro oscuro y agrio. Los pocos gusanos que quedaban en su cara consiguieron introducirse en su boca antes de que él volviera a cerrarla. Me miró con esa carita oscura y sucia, con la inocencia dibujada en sus ojos. Yo di un paso atrás, horrorizado por la escena; choqué contra algo y di un salto, aunque al volverme vi que se trataba de mi madre. Se había levantado de la mesa y sus ojos expresaban una mezcla de tristeza y compasión. Me atrajo hacia sí y murmuró dos palabras:

—Ven conmigo.

Algo en su tono me hizo obedecer, y así ambos nos fuimos hasta el mesón donde ella trabajaba. Me dejó en la puerta y entró. La esperé, aunque tardó en salir, y cuando lo hizo iba acompañada de un viejo ciego. Ella me cogió por los hombros y me acercó hacia el desconocido, quien paseó su mano huesuda por mi cara, como si sus dedos pudieran dibujar en su mente los rasgos que no veían sus ojos. Me eché hacia atrás instintivamente: el tacto de aquel hombre, cuyos dedos parecían garras de rapaz, me repelía, pero mi madre me sujetó e impidió que me alejara.

—Es un buen muchacho, os lo juro —insistía mi madre—. Su padre cayó muerto luchando contra los moros y yo no puedo mantenerlo. Cuidad de él y no os defraudará.

Y, acercándose al oído del ciego, murmuró algo que sólo oí a medias:

—Lleváoslo de aquí, por favor... Hoy mismo.

El hombre asintió sin hacer preguntas. Su mano buscó mi diestra y la apretó con fuerza. Por primera vez le oí la voz. Era nítida, armoniosa, mucho más suave que el tacto de sus manos.

—Sabed, señora, que lo recibo no como mozo, sino como hijo. Me ocuparé de él como si llevara mi sangre.

La despedida de mi madre fue breve. Tanto que apenas me acuerdo. Lo que no he podido olvidar es su figura, de espaldas, alejándose de mí. Ya entonces, a pesar de mi corta edad, me embargó un profundo sentimiento de compasión: la mujer caminaba arrastrando los pies, con la cabeza gacha, envuelta en una nube de polvo, como el condenado que sube la escalera hacia el cadalso. Intuí que nunca volvería a verla y los ojos se me llenaron de lágrimas.

El ciego, mi nuevo amo, pareció notar mi desazón y tiró de mí en dirección contraria.

—Vamos —me dijo.

Yo me dejé llevar y juntos iniciamos el camino.

El pobrecito levantó la cabeza hacia mí y, como era su costumbre, me sonrió. En cuanto abrió la boca un gusano extraño y oscuro salió de ella, y se deslizó sinuoso por su barbilla; otro le siguió antes de que yo tuviera tiempo de agacharme.

¿Cómo era el viejo ciego que se ha convertido en el más célebre de mis amos? La imagen que ha quedado de él es la de un anciano avaro y cruel, y a la vez sagaz y buscavidas. No está muy alejada de la verdad, debo admitirlo, y resulta difícil plasmar todo lo que aquel hombre me enseñó, aunque su modo de hacerlo rozara a veces el más puro sadismo. Si partí con él siendo un crío que moqueaba al despedirse de su madre, una semana después me había convertido en un rapaz malicioso, aún torpe, sí, pero libre ya de aquella inocencia que rige la infancia. También, y eso jamás podré agradecérselo lo suficiente, fue el primero que me advirtió del peligro. A él le debo, pues, haber sobrevivido al horror.

Ese primer día, apenas una hora después de conocernos, me dio la primera lección. Fue una de tantas, pero os la relataré para que comprendáis mejor su carácter. Salíamos ya de Salamanca; yo intentaba habituarme a notar su mano entre las mías mientras dejaba atrás los paisajes que habían constituido mi segundo hogar. Nunca he sido muy llorón, pero notaba un nudo en la garganta y mis pasos eran cortos, como si intentaran demorar la partida. Por fin llegamos al puente y a esa especie de toro de piedra que se halla a la entrada. El ciego me soltó y, con aquel tono sedoso que le caracterizaba (y que, pronto adiviné, solía ser el preludio de bromas macabras), me dijo:

—Lázaro, acerca el oído a ese toro y oirás un gran ruido dentro.

Yo ni lo dudé: ¿por qué iba a hacerlo? Fui hasta el toro y apoyé la oreja contra la piedra. En cuanto notó que le había obedecido, el ciego levantó la mano en el aire y me propinó un golpe recio que estampó mi cabeza contra la dura estatua. El dolor fue tan intenso como inesperado, y lo que dijo a continuación sirvió para incrementar tanto el daño como la vergüenza.

—Necio... ¡Aprende que el mozo de un ciego ha de ser más listo que el propio diablo!

Y se echó a reír. Sus carcajadas tenían poco que ver con su melodiosa voz: salían de lo más profundo de su alma rancia y sonaban como crujidos de huesos. Aturdido, no supe qué decir, y proseguimos nuestro camino: él riendo cada vez que se acordaba de mi ingenuidad; yo magullado y cabizbajo, sintiéndome más perdido y solo que nunca. Aunque os parezca extraño, era la primera vez que alguien me hacía daño, y mucho, deliberadamente y sin más razón que el deseo de herir. Creo que mi odio hacia él nació en ese mismo instante, pero asimismo mentiría si negara que el sentimiento no iba acompañado de cierto respeto. «Despierta, Lázaro», me dije al tiempo que contemplaba el camino, llano y polvoriento, que se extendía ante mí. En ese momento no se veía ni un alma, el sol caía a plomo sobre mi dolorida frente, y el único ser que tenía cerca seguía burlándose de mi desgracia. Me mordí los labios para contener las lágrimas.

—¿Por qué te paras? —preguntó el ciego.

No respondí. Le tomé de la mano y, con sutileza, abandoné el sendero y seguí avanzando campo a través, entre piedras y zarzales, y aunque cada vez que el ciego tropezaba o se arañaba las piernas con un matorral me soltaba un pescozón o me dirigía un insulto, yo me sentí feliz: al menos se le habían quitado las ganas de reír.

La admiración, entreverada con odio, marcó desde siempre mi relación con el ciego. Cabe decir que en su oficio era un lince: sabía de memoria más de un centenar de oraciones y las recitaba con aquella voz profunda y plena de matices que resonaba en las paredes de las iglesias. Cuando rezaba, su rostro se mostraba apacible, sereno, como si la plegaria inundara su alma de paz: parecía, en definitiva, comunicarse directamente con el Altísimo. Pero ésa no era su principal fuente de ingresos, a pesar de que pedíamos en las puertas de las iglesias una vez finalizado el servicio religioso. El ciego, digámoslo ya, vivía de las mujeres. O, mejor dicho, de su credulidad. Era el viejo un experto en hierbas y encantamientos: conocía pócimas para las que no se preñaban, para las que se preñaban demasiado, para las que no atraían a sus maridos y para las que los atraían más de lo que sus cuerpos podían soportar. Dondequiera que íbamos corría la voz entre las mozas y las no tan mozas, y todas acudían a verle a escondidas: las feas para ser guapas, las guapas para ser listas, y las guapas y listas para ser ricas. Ricas había pocas y no frecuentaban nuestros caminos, así que no sabría decir para qué podían quererle... Excepto en una ocasión en que una dama, ya de avanzada edad y con el rostro protegido por un velo, requirió sus servicios. La había precedido su criada, una vieja arrugada y huraña que abordó al ciego en la puerta de la posada donde parábamos y le advirtió que su señora le buscaría aquella noche para algo importante: debíamos estar junto a la puerta del cementerio al atardecer y no hacerla esperar. El ciego, que olía el dinero a la legua, puso cara de santo y asintió. Así pues, aquella tarde, a la hora señalada, él y yo nos plantamos en la puerta del pequeño camposanto y aguardamos a que llegara la desconocida dama. El sol se ocultaba ya detrás de las nubes cuando llegaron señora y criada. La dama me miró y pidió al ciego que se deshiciera de mí por un rato, algo que el viejo hizo al instante. Yo fingí largarme pero me aposté detrás de un árbol: la curiosidad ha sido uno de mis mayores pecados y, a la vez, una de mis más provechosas virtudes.

En cuanto creyó que estaban solos la dama descubrió su rostro; no tenía más sentido esconderlo delante de un viejo ciego. No era bella, pero sí distinguida, y aunque en sus rasgos se leía el dolor, también dejaban claro que esa pena era interna y no provocada por el hambre o la necesidad física. Sin decir su nombre pasó a narrar su historia, que yo escuché con fruición ya que intuía que sería distinta de las habituales cuitas amorosas que solíamos oír. Y lo fue. Con la voz firme pero triste la señora contó que Dios le había proporcionado una vida cómoda: nacida en una buena casa, había contraído matrimonio con un caballero que había resultado ser el más amable y fiel de los maridos, a lo que ella había correspondido con la devoción propia de una esposa cristiana. Una única sombra había empañado su felicidad. Dios, que tan generoso se había mostrado en otras cosas, se empeñaba en negarles su mayor deseo: un descendiente. Su amor no daba frutos, y ni los rezos ni los ungüentos lograban alterar ese hecho. Por fin, ya resignados, habían optado por rendirse a la voluntad divina que, por alguna razón, parecía decidida a no hacerles ese regalo. ¡Cuál no sería su sorpresa, prosiguió la mujer, y su cara se embelleció por un momento al contarlo, cuando doce años atrás, ya perdida toda esperanza, supo que estaba encinta! Rezó durante los nueve meses, acompañada por su marido, para que lo que llevaba en las entrañas fuera un varón entero y sano. Y sus súplicas fueron oídas: a su debido tiempo dio a luz a un niño, rollizo y saludable, que a partir de ese momento se convirtió en el orgullo de sus vidas. Digno hijo de sus padres, obediente, estudioso y honesto, el muchacho creció fuerte y sin más problemas que los propios de los niños. A mi pesar sentí una punzada de nostalgia, aunque en su extremo más afilado también la envenenaban los celos. ¿Por qué mi vida, que debía haber empezado a la par que la de ese niño, había sido tan distinta? Seguro que a él no le habían dolido los pies, ni le habían golpeado, ni había visto a su padre preso y a su madre hundida. Tan absorto estaba en compadecerme que perdí el hilo de la historia, y cuando volví a concentrarme en ella fue porque la mujer había perdido la compostura y lloraba a lágrima viva. Me maldije por mi distracción, aunque, en resumen, conseguí hacerme una idea de lo que había sucedido: hacía apenas unos meses una extraña y súbita enfermedad había postrado en cama a ese hijo tan deseado y tras una breve e intensa agonía había acabado con su vida.

El ciego había escuchado el relato sin intervenir, aunque yo sabía sin verla que en su cara se leía un profundo interés. Falso, por supuesto: le conocía lo bastante para saber que en ese momento, tras aquella máscara de bondad y compasión, su mente pergeñaba cómo sacar provecho de la situación. La dama se recobró, y entró entonces en la parte más sobrecogedora de su historia. Bajó la voz, así que apenas pude oírla, pero como no consiguió controlarla del todo logré entender que, según ella, algo perturbaba la paz de su hijo muerto: juró y perjuró que no era una madre loca, que a pesar de la honda tristeza había aceptado su desgracia como una prueba de Dios, y que incluso había llegado a agradecer a Nuestro Señor los once años de absoluta dicha.

—Pero algo sucede... —y su tono se elevó, desesperado, suplicante y altivo a la vez—. El sacerdote finge no creerme, pero sé que en el fondo duda. Algunas noches las tumbas —y señaló hacia el interior del cementerio— aparecen abiertas, hay huellas en la tierra... y alguien entra en los aposentos de mi hijo: alguien que no se deja ver, que revuelve sus cuadernos y sus cosas, que deshace levemente su cama, que irrumpe en mi estancia cerrada y me besa mientras duermo... Sois ciego, y como muchos de ellos tenéis la habilidad de saber sin ver: creedme, yo sé que mi hijo se acerca a mí en mitad del sueño y pide mi ayuda. Yo sé que mi hijo no descansa en paz. ¡Y esto me está matando!

El ciego asintió; en ese instante volvió su rostro hacia donde yo estaba, y mostraba en él una gran consternación, tan marcada que hasta yo la tomé por cierta.

—Me han dicho... Sé que en otras ocasiones habéis hablado con los muertos. ¡No! —exclamó la dama cuando él fue a interrumpirla—. ¡No me vengáis con herejías ni miedos a quienes se otorgan el papel de únicos interlocutores con el otro mundo! Soy una mujer devota que ama a Dios sobre todas las cosas, y es Él, en su infinita sabiduría, quien me hace preguntar la verdad. Nadie os tocará si yo os protejo. Y yo os protegeré, y os trataré con generosidad, si me acompañáis hasta la tumba de mi hijo. Sólo quiero que la palpéis, que sintáis... —Se le quebró la voz—. Tengo que saber, ¿lo entendéis? Tengo que saber.

Ambos desaparecieron en el interior del camposanto mientras la criada, que había permanecido muda e impasible, esperaba fuera. Las sombras se habían apoderado ya del paisaje. El aullido lejano de algún perro era el único sonido que empañaba la paz del lugar. Yo les habría seguido, pero no había forma de entrar en el cementerio sin pasar por delante de la criada, así que permanecí detrás del árbol. Se demoraban, y durante ese rato el miedo fue subiendo por mis piernas y dominando mi cuerpo: pensaba, sin querer, en la última noche que pasé con mi madre, en los jadeos que salían de su cuarto, en Zayd muerto y a la vez en aquella cama, en los ojos de mi hermano tras devorar a los gusanos. De repente el silencio se llenó de rumores, la oscuridad cobró matices, mi corazón pareció encogerse. Es curioso cómo trabaja el miedo: primero te paraliza y luego, de repente, te sacude como si fuera un resorte. En un momento la soledad se me hizo insoportable y corrí, corrí sin tregua hasta volver al pueblo, hasta que entré en la posada, y las risas y el fuego de la chimenea disiparon el pánico. Sólo entonces caí en la cuenta de que había dejado al ciego en el cementerio, y el terror a lo desconocido cedió su lugar a otro, menos abstracto aunque igualmente intenso: el castigo del viejo.

Como es de suponer, si el ciego mostraba ya poca clemencia cuando no había motivo alguno, en cuanto consideraba que existían razones para castigarme me propinaba palizas memorables que a veces me dejaban baldado durante días. Esa noche me temí lo peor: al fin y al cabo, nunca antes le había abandonado a su suerte. Suspiré e intenté calmarme, pero me temblaban hasta las cejas. Mi estado de nervios empeoraba a medida que pasaban las horas y el ciego no volvía; habría salido en su busca, pero entre el miedo a la negrura de la noche y al bastón del ciego mi cuerpo se había agarrotado: sólo podía temblar. Además, me dije, la dama y su criada se encargarían de devolver al ciego a la posada. Así pues, acurrucado en uno de los rincones del comedor, esperé a sabiendas de que no se me avecinaba nada bueno. Al final, supongo que el cansancio y el temor acabaron con mi resistencia y el sueño me venció. No sé cuánto tiempo estuve durmiendo, pero sí que las pesadillas de mi madre besando a un descompuesto Zayd mezcladas con visiones de tumbas abiertas poblaron mi mente. Algo me despertó; el fuego de la chimenea estaba casi consumido y en el comedor de la posada sólo quedaban los ratones que salían de noche a dar buena cuenta de los escasos restos de comida. Me percaté de repente de que las exiguas brasas iluminaban el inconfundible perfil aguileño del ciego y me preparé para lo peor. Al oír movimiento a su espalda, el ciego volvió la cabeza. Yo había aprendido ya que de poco servía retrasar lo malo, y sacando fuerzas de flaqueza me convencí de que el viejo cansado sería menos peligroso que con las fuerzas recobradas.

—Lo siento —balbuceé cuando estuve cerca—. Me asusté...

Callé al ver su rostro: sus ojos inertes, las profundas ojeras, la frente arrugada y la nariz prominente. Si ya lo conocí viejo, aquella noche, teñido por el resplandor rojizo de la lumbre, su cara era la de un anciano decrépito... Decrépito y aterrado.

Su voz, sin embargo, era la misma.

—Hiciste bien en asustarte, Lázaro —replicó, y sus palabras me desasosegaron más que una sarta de bastonazos—. Algo pasa... Los muertos andan revueltos.

Le miré sin comprender.

—No es el primer lugar donde oigo historias macabras sobre muertos que salen de sus tumbas —prosiguió, aunque tuve la impresión de que hablaba más para sí mismo que para que yo le oyera—.

De hecho siempre ha habido cadáveres que no aceptaban su sino, que buscaban la manera de volver con los vivos. Pero ahora...

Le agitaba un temblor parecido al que yo había sufrido horas antes. De repente se volvió hacia mí y me agarró del brazo con fuerza.

—Escucha, Lázaro —me apremió, y había tal desesperación en sus ojos ciegos que me quedé quieto: era la mirada de un demente, de alguien que se halla al borde de un pozo insondable y oye en él los gruñidos de una bestia desconocida—. Algo terrible está sucediendo, algo nuevo y aterrador... Los reconocerás por el olor y por el tacto: parecen vivos, como tú y como yo, pero no lo están. Despiden un hedor a podrido, porque sus vísceras se deshacen, la sangre se les corrompe y su piel es fría como la de una culebra; pero aparte de eso hablan, se mueven y respiran como los demás. ¡Aléjate de ellos! No sé de dónde han salido, pero sí que no traen nada bueno.

Yo ignoraba de qué estaba hablando pero noté la urgencia en su tono e intenté averiguar más.

—¿Entrasteis... entrasteis en el cementerio?

—¡Calla! —Me zarandeó—. Mañana nos iremos. No quiero seguir aquí. Ahora duerme. No, no te apartes —ordenó, atrayéndome hacia él—. Acuéstate a mi lado... —Y añadió—: Curioso mundo este en que los vivos mueren de hambre y los muertos buscan comida.

Fue la primera vez que advertí en su tono que me necesitaba cerca. Al día siguiente, sin embargo, justo cuando nos preparábamos para partir, encontró una

—Hiciste bien en asustarte, Lázaro —replicó, y sus palabras me desasosegaron más que una sarta de bastonazos—. Algo pasa... Los muertos andan revueltos.

excusa para darme la somanta de palos que yo había esperado la noche anterior. Puede parecer raro, pero a pesar del dolor tuve la impresión de que no era a mí a quien golpeaba sino a sus propios fantasmas.

A partir de ese día fuimos de pueblo en pueblo en un peregrinar frenético y constante. Apenas si parábamos una noche en cada uno, y cuando lo hacíamos el viejo se mostraba intranquilo, más huraño de lo habitual. Dormía poco; sus oraciones en la iglesia, pronunciadas deprisa y sin convencimiento, no despertaban la generosidad de los feligreses, y aunque las mujeres seguían acudiendo a él con sus cuitas, el viejo las despachaba rápidamente y sin prestarles mucha atención. Como es de esperar, nuestras ganancias menguaron de manera sustancial. Debo decir aquí que fue a partir de esos días cuando comencé a pasar hambre, y no antes. Lo poco que ganábamos se lo gastaba en vino, que al parecer era lo único que lograba sosegarlo cuando se ponía el sol. Era tanta su necesidad que se acostaba abrazado a la jarra mientras yo rondaba en busca de algo que llevarme a la boca. Él apenas comía, lo justo y necesario para no morirse, pero yo era un muchacho que estaba creciendo y mi estómago parecía un gran pez que boquea en busca de aire. Mendigué y robé a escondidas del viejo; no porque a él le pareciera mal, sino porque se quedaba con todo cuanto yo conseguía para trocarlo por el ansiado vino. Su irascibilidad se traducía en constantes bofetones y pellizcos, e incluso la gente que se cruzaba en nuestro camino le reprochaba de vez en cuando el maltrato que me daba. El ciego, que no había perdido su habilidad de tergiversar la verdad, les relataba cómo yo le había dejado abandonado una vez en plena noche —¡Un pobre tullido a merced de salteadores y bestias nocturnas! ¡Después de haberlo cuidado y alimentado como a un hijo!—, y era tal el desvalimiento de su voz que en más de una ocasión el que había intervenido en mi defensa acababa dándole a él la razón y a mí unos zurriagazos por desagradecido y negligente.

¿Por qué no le abandoné?, os preguntaréis. Es cierto que poco ganaba a su lado, y que la mayoría de las noches me acostaba con la barriga vacía y las orejas calientes, pero hasta eso era mejor que deambular solo por esos campos y pueblos inhóspitos en los que mi hambre parecía ser el mal común. Una terrible sequía se había extendido por tierras castellanas como una plaga devastadora e imparable, y sus efectos eran visibles en los campos yermos, en los ojos hundidos de los niños; los percibías en las reyertas entre hombres, en los pechos caídos de las mujeres y en la flaqueza de los animales. Un manto amarillento cubría rostros y paisajes, dibujando en ellos surcos de ansiedad. Todos vivíamos, o mejor dicho sobrevivíamos, bajo ese yugo. Los curas rezaban pidiendo lluvia y, ¿cómo no?, culpaban a los pecadores de las nubes secas. Dios estaba enojado, Dios nos castigaba; debíamos arrepentirnos e implorar su perdón que, milagrosamente, caería en forma de gotas de agua cuando Él lo considerara justo. Sus sermones sólo servían para alentar suspicacias y acusaciones: ¿quién había pecado tanto que había ofendido al Todopoderoso? ¿Quién había cometido falta tan ignominiosa? No yo, desde luego, sino el vecino... Pero había algo más: tal y como había dicho el ciego, sucedían ciertas cosas que tenían que ver con los muertos. Raro era el pueblo en el que no se nos hablaba de algún espectro salido de las profundidades del camposanto; eran comentarios hechos en voz baja, ya que se consideraban blasfemos, y que achacaban los males comunes (los animales muertos, las cosechas malogradas, los niños que enfermaban de repente) a esas presencias fantasmales.

Lo cierto era que la falta de comida encendía los ánimos, y a eso no era yo ajeno. Mi odio hacia el viejo ciego, que cada día se hundía más en algo parecido a la locura, creció a medida que escaseaba el yantar. Por ello, y al principio más por venganza que por afición, me empeñé en quitarle lo único que parecía anhelar. He contado ya que en esos días mi amo vivía por y para el vino, que guardaba en una jarra de la que daba frecuentes sorbos sin compartirlo jamás. Se me ocurrió una estratagema que, estaba seguro, me habría valido los elogios del ciego si no hubiera sido a él a quien pretendía engañar: aprovechando un descuido hice un orificio en la base de la jarra, minúsculo, casi imperceptible, y lo tapé con una capa de cera. Así, por las noches, cuando el viejo, con la jarra entre las manos, reclamaba mi cercanía, aterrado por cosas que desde luego mis ojos no veían (y los suyos menos aún), yo me acurrucaba entre sus piernas frente al fuego; el calor deshacía la cera y el vino me caía directamente a la boca. Los primeros días no me gustaba mucho, pero poco a poco fui apreciando su efecto reconfortante. La satisfacción de engañar al ciego unida al calor que me procuraba el vino hacían las noches más llevaderas, y el ayuno más soportable.

Era obvio, luego caí en la cuenta, que cualquier truco, por bueno que sea, se gasta con el uso. Ya dicen que tanto va el cántaro a la fuente que al final se rompe, y en mi caso lo malo fue que el cántaro se me partió en plenos morros. El ciego, que aunque por las noches casi enloquecía al amanecer recobraba la cordura, se percató de que el vino le duraba cada vez menos. Intenté convencerle de que bebía sin darse cuenta y fingió creerme, pero un buen día, harto ya de encontrar el jarro vacío, se dedicó a palparlo y, claro está, encontró el agujero cubierto de cera. Siguiendo su costumbre no dijo nada; aquella noche me llamó como solía y yo, que ya no podía vivir sin el vino, me apresuré a refugiarme entre sus flacas piernas. Esperé un rato a que la cera se derritiera y, cerrando los ojos, me dispuse a recibir aquel líquido que caía entre mis labios cual maná celestial. Así estaba yo, extasiado, ajeno a todo, cuando aquel delicioso néctar que me regaba la boca se transformó en una pedrada seca y cortante. El viejo había alzado el jarro y lo había descargado sobre mi cara con todas sus fuerzas. La vasija se rompió en mil pedazos contra mi piel. Fue tal el golpe que perdí el sentido, y tantos los cortes que la sangre brotó de ellos en abundancia. Aún hoy conservo cicatrices del maldito jarrazo...

Cuando recobré la consciencia me palpé la cara. El ciego dormía a unos pasos. Fui arrancándome los trocitos de loza que tenía incrustados en la piel; cada uno de ellos dejaba escapar un pequeño chorro de sangre. Me dolía tanto la boca que apenas si podía moverla sin retorcerme, mi saliva sabía a sangre y a vino agrio. Maldecía al viejo entre dientes por malvado, y a mí mismo por idiota, cuando oí un rumor a mi lado. Sobresaltado, intenté ponerme de pie, pero algo se arrastró hacia mí y me retuvo en el suelo agarrándome de la pierna. Intenté zafarme de su mano a patadas, aunque me dolían tanto los cortes que apenas tenía fuerza. Entonces el bulto levantó la cabeza y me enseñó la cara. Y esa cara era tan extraña, tan bella y a la vez inquietante, que me quedé inmóvil, hechizado.

Era la cara de una niña de piel blanca, muy blanca, aunque manchada de suciedad y medio cubierta por una maraña de cabellos oscuros. Cuando los apartó me encontré con un rostro infantil y viejo a la vez. No, pensaréis que estoy loco, que el jarrazo me había perturbado el entendimiento. Era la cara de una niña, sí, pero ni sus labios, que se entreabrían mostrando la punta sonrosada de su lengua, ni sus ojos, que lanzaban una mirada turbia, eran los de una chiquilla. Para colmo, estos últimos presentaban una rara cualidad: uno era azul intenso y el otro de color miel. El efecto, incluso en la oscuridad, era tal que uno no podía dejar de mirarlos, como si temiera que de repente ambos pudieran adoptar el mismo tono y perder así su magia. Paralizado, dejé que la extraña niña me acariciara las heridas. Lo hacía con una mezcla de ternura y fruición, primero con las puntas de los dedos y luego con la lengua. Me tumbó en el suelo y me lamió la cara, absorbiendo cada gota de sangre. Si encontraba algún fragmento del jarro lo arrancaba dulcemente con los dedos y paseaba sus labios por el corte. Me invadían sensaciones desconocidas y placenteras, y la dejé hacer, hasta que de repente noté que sus labios, hasta entonces suaves como la seda, se endurecían. La sangre que brotaba parecía no bastarle y la lengua dio paso a los dientes, que intentaban agrandar la herida. Supe instintivamente que estaba en peligro y, haciendo acopio de mis fuerzas, la empujé. Su grito fue el de una fiera rabiosa. Nos miramos desafiantes, ambos agachados; se relamió la última gota roja que le caía del labio. Temí que saltara sobre mí, cual gato enfurecido, y que sus garras me destrozaran aún más las mejillas. No lo hizo. De ella salía un rumor ronco, no del todo humano, pero sus ojos de dos colores me miraban con una tristeza infinita. Desapareció como había llegado, sin ruido y en un instante. Y yo, a pesar del golpe, de la sangre derramada, del dolor y del hambre, me dejé caer al suelo con una sonrisa boba en los labios.

A la mañana siguiente el viejo se levantó como si nada hubiera pasado y, llevado por un súbito arranque de arrepentimiento, me lavó las heridas con vino. Se sorprendió al notar que algunas habían cicatrizado ya, lo que atribuyó a las cualidades benéficas del líquido rojo.

—¿Lo ves, Lázaro? —me decía sonriendo—. Lo mismo que te ha enfermado ahora te devuelve la salud.

A mí no me hizo la menor gracia. En realidad, en ese momento ya había decidido abandonar al ciego en cuanto tuviera ocasión. Pero antes, me decía para mis adentros, tenía que hacerle pagar el jarrazo.

No hay como tener un objetivo en la vida. Una idea clara que defina tus pasos. A pesar de que dicen que el tiempo lo cura todo, el deseo de venganza contra el ciego duró más que el escozor de los cortes. Él debió de notarlo, aunque yo me esforzaba en disimular y en comportarme igual que siempre: incluso compartió conmigo una cesta de comida, el inesperado pago que le dio una labriega que gracias a él había concebido un hijo el año anterior. En ella había una longaniza que se molestó en asar para mí (y que por tanto nunca sustituí por un nabo) y el famoso racimo de uvas que dio pie a la anécdota. Cierto es que lo puso ante mí y me dijo que ambos nos turnaríamos para comer una uva cada vez; cierto es también que cuando llevábamos un rato empezó a comerlas de dos en dos, y que yo, ya harto de sus trucos, seguí su ejemplo corregido y aumentado, y las cogí de tres en tres. También es cierto que me descubrió, pero para entonces creo que ya le desafiaba en todo.

En otra ocasión él habría añadido una penitencia, pero esta vez sólo se rió, casi complacido. Sus reacciones ya no me importaban, la verdad, y lo que es peor, cuanto más amable se volvía el viejo, más crecía mi desprecio. Lo que había comenzado como rencor se convirtió con el paso de los días en franca repugnancia; no soportaba sus cuentos, esa letanía de borracho sobre muertos y tumbas, esos miedos nocturnos que se iniciaban al anochecer y le tenían temblando hasta que el vino le echaba encima el manto del sueño, ese continuo vagabundear sin rumbo huyendo de la gente. El sabor a sangre, a mi sangre, no me había abandonado del todo, y a ratos me descubría relamiéndome los labios cortados y sacando de ellos unas gotas de ese rojo y salado néctar.

Por fin, tras días de vagabundear, llegamos a un pequeño pueblo situado a la orilla de un río. Me callaré el nombre por prudencia, ya que los que ahora vivan allí, si es que hay alguien, tienen poca culpa de sus siniestros antepasados. Como era nuestra costumbre, nos dirigimos a la plaza, a la salida de la iglesia. Era domingo, y llegamos a media misa, con lo que el ciego se sentó en los escalones de piedra que había junto a la puerta. Unas nubes negras cubrían el cielo, amenazando lluvia; nos acurrucamos contra las paredes cuando gruesas gotas empezaron a mojar el suelo. Aunque odiaba mojarme, no pude por menos que alegrarme al ver que el cielo se mostraba generoso por fin y soltaba el agua retenida durante meses. Unos instantes después las gotas se habían convertido en una densa cortina húmeda, tan espesa que no permitía ver a dos palmos de distancia. El cielo rugía y escupía un torrente enojado, furioso, casi brutal. Calados hasta los huesos nos apretamos aún más contra las paredes intentando ponernos a cubierto de aquella paliza de agua. Fue entonces cuando la puerta se abrió, y una voz estentórea nos invitó a entrar en el templo.

Agarré al ciego del brazo y lo arrastré hacia dentro. Nuestras ropas dejaban charcos en el suelo de piedra. En silencio, para no molestar, nos quedamos junto a la puerta. A través del velo húmedo que cubría mis ojos observé el interior. Los feligreses se hallaban en pie, los hombres detrás, las mujeres y los niños más cerca del altar. Todos parecían vestir de negro. Lo único que llamó mi atención a primera vista fue que la pila del agua bendita estaba seca: las únicas gotas que la llenaban eran las que cayeron de mi frente y mis cabellos al inclinarme. Me santigüé igualmente, mientras el ciego seguía en pie, con expresión de sorpresa, husmeando el aire.

—Sed bienvenidos a la morada del Señor —dijo el sacerdote.

Lo miré desde el fondo de la iglesia: sus ojos grises parecían fijos en nosotros. A ambos lados unos cirios oscuros iluminaban el altar, detrás del cual había un crucifijo de grandes dimensiones, tan grande que parecía cernirse sobre los allí presentes, vigilarlos desde las alturas. El rostro del Cristo me subyugó: atormentado por el dolor, lágrimas de un rojo vivo se habían detenido sobre sus pronunciados pómulos. Hechizado por aquel semblante que expresaba un sufrimiento inmenso, no me percaté de que había llegado el momento de comulgar hasta que empezó a dibujarse la fila de fieles ante mí. El ciego me tocó el hombro, le cogí la mano y juntos nos dirigimos hacia el final de la fila. Avanzamos en dirección al sacerdote. A medida que iban llegando, los feligreses se arrodillaban y recibían la hostia. Yo seguía con la vista puesta en el Cristo, cada vez más cercano, suspendido en las alturas. Algo me cayó en la frente, una gota de algo espeso, caliente, que se mezcló con los restos de agua. Ante mí sólo había ya dos hombres esperando comulgar. Noté otro rastro mojado, esta vez en el brazo. Levanté la vista de nuevo, sorprendido: ¿eran imaginaciones mías o la sangre goteaba del Cristo? No tuve tiempo para cerciorarme porque me hallaba ya frente al sacerdote. Nada en él indicaba algo fuera de lo común, pero cuando me puse de rodillas y abrí los labios para comulgar advertí que, sin quererlo, mis hombros se tensaban. Cerré la boca justo a tiempo y eché la cabeza hacia atrás. Lo que el sacerdote, que ahora apoyaba una mano sobre mi cabeza, acercaba con insistencia hacia mis labios no era la sagrada forma, aunque a primera vista lo parecía: desprendía un olor extraño, como a podrido, y de sus extremos goteaba un líquido parduzco. Aún de rodillas, retrocedí y choqué contra el ciego. Entonces me percaté de que los fieles no habían vuelto a sus lugares: se hallaban en torno a nosotros, formando un corro, como buitres negros. No conseguí ver los ojos de ninguno de ellos, ya que sus cabezas estaban inclinadas hacia delante y murmuraban algo que no entendí, un susurro ronco, como una letanía. El sacerdote avanzó con aquella extraña hostia en la mano, decidido a introducirla en mi boca. Le propiné un manotazo torpe y la hostia cayó al suelo, y ante mi horror se deslizó por él, latiendo como si estuviera viva. Uno de los fieles se apresuró a echarse encima y la cogió con la boca; lo hizo con ímpetu, como si anhelara otra ración de aquel manjar obsceno. El ciego, entretanto, había dado media vuelta y se había topado de frente con la muralla negra de fieles. Éstos no se apartaron: fueron cerrando el círculo sin dejar de musitar aquel sonsonete ronco. Apoyaban su peso en un pie y luego en el otro, sin moverse, al ritmo del murmullo. Nada parecía turbarles: ni la lluvia, ni los gritos del ciego. Eran como un ejército que espera órdenes. Y decidí, en un instante, que yo no iba a esperar más tiempo. Me incorporé y, con todas mis fuerzas, embestí al sacerdote, que cayó de espaldas hacia el altar, conmigo encima. Aproveché la confusión, y la aparente incapacidad de reacción del resto, para zafarme de él y ponerme de pie. Al momento noté que algo, alguien, me agarraba del pie con una fuerza inaudita. El hombre que se había echado al suelo para comer la hostia se aferraba a mí; sus ojos estaban en blanco, como los de un muerto, y de sus labios caía un líquido oscuro, demasiado oscuro para ser sangre. Alargué el brazo y me apoderé del cirio encendido; lo golpeé con él. La iglesia quedó aún más oscura, y supe que mi única posibilidad era huir hacia delante, rodear el altar y salir de aquel maldito templo. Eso hice, abandonando al ciego a su suerte. Éste farfullaba algo, me llamaba a gritos, pero su voz se extinguió enseguida. Saltaron sobre él como una jauría de canes negros. Uno de ellos le quitó el bastón y lo arrojó hacia el

Lo que el sacerdote, que ahora apoyaba una mano sobre mi cabeza, acercaba con insistencia hacia mis labios no era la sagrada forma, aunque a primera vista lo parecía: desprendía un olor extraño, como a podrido, y de sus extremos goteaba un líquido parduzco.

pasillo. Yo corría, perseguido por varias alimañas que haciendo honor a este nombre avanzaban a cuatro patas y a gran velocidad; intenté desesperadamente alcanzar la puerta. El sacerdote gritó algo en una lengua que no entendí, y un rugido pavoroso se movió hacia mí. Eran rápidos y me atacaban con la boca abierta, listos para devorarme. Me deshice de uno de ellos de una patada, pero venían más. Busqué con la mirada un arma con que defenderme: de un salto me apoderé del cuenco del agua bendita y se lo lancé, esperando que eso me concediera tiempo para abrir la puerta. El truco salió bien. Empujé la puerta y salí hacia la lluvia.

Agradecí el agua fría y la oportunidad que me deparaba de huir sin ser visto. Corrí entre el barro, en dirección al río. Comprendí que me seguían y que se habían dividido en grupos. Oía sus aullidos, algunos lejanos, otros más próximos. Parecían proceder de todas partes. Me detuve, incapaz de decidir cuál era el mejor camino a seguir. Los relámpagos mantenían su peculiar guerra en el cielo mientras yo, en la tierra, peleaba conmigo mismo: ¿esconderme?, ¿seguir huyendo? Pegué un salto cuando oí que alguien se acercaba. Una niñita muy pequeña, de no más de cinco años, había surgido de la oscuridad. Su dedo en los labios pedía silencio. Supe, no me preguntéis por qué, que pretendía ayudarme. No dijo nada: su dedito señaló hacia la copa del árbol bajo el que me hallaba.

—Sube —murmuró—. Ellos no pueden. Espera allí a que amanezca.

No se entretuvo para ver si la obedecía. Desapareció en la lluvia antes de que yo iniciara el ascenso por el nudoso tronco. Con las rodillas despellejadas, empapado, me encaramé al árbol mientras rezaba para que un rayo no lo partiera en dos.

Aquella chiquilla tuvo razón: mis perseguidores ni siquiera levantaron la mirada hacia las alturas. Permanecí allí, aferrado a una de las ramas, hasta que sus aullidos se disiparon y el día empezó a nacer. Entumecido, casi no podía moverme, pero me obligué a bajar. El amanecer me mostró el camino hacia el río; arrastrando las piernas, en las que parecían haberse clavado mil alfileres, llegué a la orilla. Me sumergí en el agua, y su frescor aligeró el dolor de mis extremidades: nadé como pude hasta la otra orilla. Sólo después de haber cruzado el río me permití tumbarme en la tierra enfangada y respirar hondo. Sacudido por las arcadas me llevé la mano al estómago y vomité. El olor a podrido parecía salir de mi interior. Me esforcé por expulsarlo, pero seguía aferrado a mi garganta, adherido como una pátina agria. Y entonces, en mi mente vi la escena que se había desarrollado en la iglesia, como si observara aquel sacrificio desde las alturas, como si mis ojos fueran los del Cristo de la cruz. Aquellos monstruos devoraban al pobre ciego llevados por un hambre voraz y despiadada. No podía ver su cuerpo, ya que aquella jauría de bestias negras lo cubría por completo. Uno de ellos echó hacia atrás la cabeza y sacó de la boca un pedazo de pellejo lacio.

El sacerdote permanecía impasible:
no participaba en la masacre,
pero parecía bendecirla con su silencio.

El sacerdote permanecía impasible: no participaba en la masacre, pero parecía bendecirla con su silencio. Muy despacio levantó la vista hacia el techo y sentí, por irracional que esto parezca, que sus ojos se posaban en mí, penetraban en mi cabeza. Apreté los míos, no quería ver, pero el ruido de sus mordiscos proseguía: dientes que se clavaban en la carne y arrancaban la piel, sonidos que iban debilitándose poco a poco hasta perderse en la nebulosa del sueño.

TRATADO SEGUNDO

Cómo Lázaro se asentó con un clérigo
y de las cosas que con él pasó

Huí. Me alejé tanto como pude de la horrible escena que había presenciado. El hecho de verme libre del ciego, tal y como había deseado tan ardientemente, se teñía ahora de miedo y de aprensión. Me sentía aprisionado, como si algo me oprimiera el pecho. Aún no las reconocí, pero ahora sé lo que son: las malditas cadenas del remordimiento. Empecé a intuir entonces que ver cumplidos nuestros deseos no siempre nos hace felices. ¿Qué iba a hacer ahora? Ni siquiera podía contar a nadie lo que había visto. ¿Quién iba a creerme? Olvidar, si es que era posible, parecía la mejor opción.

Desorientado y confuso me dije que quizá lo mejor fuera regresar a casa. Supongo que añoraba las faldas maternas... pero en el camino me encontré en el pueblo de Maqueda. Estaba tan desfallecido que, con toda la reticencia del mundo, me acerqué a la iglesia a pedir limosna. El bullicio de la plaza y de las calles me tranquilizó: en nada se parecía esta gente a la bandada de espectros mudos que nos habían atacado en la villa anterior. Al verme llegar en un estado tan deplorable, el clérigo me preguntó si sabía ayudar a misa, y yo, que lo había aprendido junto al malogrado ciego, le dije que sí. Me miró de arriba abajo, se lo pensó durante unos instantes y luego, con una sonrisa afable, me tomó a su servicio.

¡Qué poco sabía yo que había huido de la sartén para caer en el fuego! La vida junto al clérigo me pareció, al principio, mucho más tranquila que la que había llevado al lado del viejo errante. Tenía un techo bajo el que cobijarme, un jergón donde dormir todas las noches; se habían terminado los agotadores vagabundeos, el ir de pueblo en pueblo...; los encuentros extraños. Sí, me dije con un suspiro la primera noche, antes de dormirme con el estómago lleno, daba la impresión de que había dejado atrás el desasosiego... El clérigo, solícito, me había preparado incluso una infusión de hierbas que, según él, me proporcionaría fuerza y descanso. La tomé casi con lágrimas en los ojos, no por el brebaje sino por la intención.

Dicha sensación se mantuvo durante la primera semana. Es más, me hallaba tan agotado que en cuanto el clérigo se retiraba y me daba permiso para hacer lo mismo, me dejaba caer sobre el jergón (duro, pero sólido y a cubierto) y no despertaba hasta el amanecer. Poco a poco fui olvidando... La memoria es caprichosa: escoge y descarta recuerdos a su voluntad; pero es también taimada, y te asalta con imágenes horrendas cuando menos te lo esperas.

Digo esto porque a finales de esa primera semana desperté sobresaltado. No recuerdo lo que había estado soñando, pero tenía los ojos ciegos de mi viejo amo clavados en la mente, implorando ayuda. ¡Maldito seas!, me dije sintiendo un escalofrío. ¡Ni muerto vas a dejarme en paz! Me revolví en la cama, enfadado con los fantasmas del pasado que seguían acosándome a traición. Creí oír un rumor en la casa, unos sollozos ahogados seguidos de un golpe sordo. Respiré hondo: no pensaba dejar que ruidos extraños perturbaran mi tranquilidad. Di media vuelta y volví a dormirme.

Durante un mes, más o menos, disfruté de la paz que tanto había anhelado. Las tareas que me encomendaba el clérigo no eran duras; su trato era correcto, incluso afectuoso. Le ayudaba en la iglesia, iba al mercado... Fui recuperándome y olvidando los malos momentos de mi etapa anterior. A ratos me asaltaba el deseo de confiar en mi nuevo amo y contarle lo que había visto, pero nunca lo hice. Poco a poco, aquella terrible escena de la iglesia fue perdiendo fuerza... Sólo algunas noches, cuando no conseguía conciliar el sueño, recordaba la esencia de maldad que había presenciado: ésta volvía hacia mí de repente, inesperadamente, acompañada de aquel olor agrio que parecía surgir de la nada. En más de una ocasión pensé también en la niñita que me había ayudado a escapar... ¿Qué habría sido de ella?

Si algo me entretuvo durante esas primeras semanas fue una guerra que emprendí contra ciertos roedores que parecían campar a sus anchas por la casa en cuanto ambos nos acostábamos. Cada mañana hallaba rastros de su presencia, pero nunca, en ningún momento, conseguí ver a una de esas criaturas. Habríase dicho que eran fantasmas y no seres vivos. Contra lo que es habitual, el clérigo, al fin y al cabo dueño del pan que mordisqueaban, no se veía demasiado alterado por ese hecho, y a mí, supongo que por llevar la contraria, me dio por buscar a esos ratones y acabar con ellos. Tarea difícil; tan imposible resultó que llegó a obsesionarme, hasta que, un buen día, registrados ya todos los rincones de la casa, me topé con una puerta que no había visto desde mi llegada. Ésta, disimulada tras una pesada mesa que yo había apartado en ese afán raticida, estaba cerrada con llave. Esperé a que el clérigo volviera y se la pedí. Para asombro mío, no sólo no me agradeció los esfuerzos sino que por primera vez se enojó conmigo y me reprendió con aspereza. Según él, ya estaba bien de hurgar por toda la casa como haría un gato ocioso. Si no tenía con que entretenerme, ya me daría más trabajo, o podía rezar, que buena falta debía de hacerme, y dejar en paz a esas criaturas que, al fin y al cabo, también obedecían a la creación divina. Escuché el sermón más atónito que avergonzado y le prometí, con toda la sinceridad de mi pícaro corazón, que no me tomaría más molestias para poner fin a aquella plaga que él consideraba tan sagrada. No sé si advirtió la ironía de mi respuesta, ya que pareció conformarse, pero a mí me dio por pensar que no había sido la cacería de ratones lo que le había enojado, sino la mención de la puerta del sótano.

Creo que he comentado antes que soy curioso de naturaleza; lo fui ya de niño, lo era entonces (ya un mozalbete) y lo he seguido siendo durante toda mi larga vida. No negaré que me ha traído problemas, pero en conjunto creo que ese supuesto defecto me ha proporcionado más dichas que desgracias. Y no hay nada que atraiga más la atención de un curioso que una puerta cerrada: aunque le prohíban el acceso o le aseguren que no hallará nada de valor al otro lado, la sola existencia de esa puerta es como un desafío a su esencia. Sobre todo si la llave está tan cerca...

Cerca, pero inalcanzable, lo que aún me reconcomía más por dentro. El clérigo dormía con esa llave colgada del cuello, y no había fuerza humana que le hiciera separarse de ella. No contaba, sin embargo, con la astucia de un mozo de ciego. Si yo me empeñaba en algo, no dudéis que acababa consiguiéndolo. Y el destino me puso delante la oportunidad que buscaba: un día en que el clérigo estaba fuera, pasó por casa un calderero ofreciendo sus servicios. La idea se me ocurrió de repente.

—Señor —le dije—. He perdido la llave de esta puerta y temo que mi amo me azote cuando se entere. Por favor, mirad si entre todas esas que lleváis hay alguna que encaje en la cerradura y os lo pagaré con creces.

El hombre empezó a probar bajo mi atenta mirada. Un rato después, cuando ya empezábamos a desesperar ambos, una vieja llave giró en la cerradura y la puerta se abrió con un crujido. Me apresuré a cerrarla; pagué al buen hombre con algo de comida y me guardé la llave en el bolsillo.

Ese día no tuve tiempo de bajar al sótano, ya que el clérigo estaba por llegar y lo último que quería era que me descubriera con las manos en la masa. Tuve que esperar a la mañana siguiente, a que mi amo fuera reclamado para administrar una extremaunción, para, llave en mano, abrir lo que en mi mente se había convertido en una cueva misteriosa y llena de tesoros. ¡Menuda decepción! Me habría dado de bofetadas en cuanto estuve dentro. Aquello era, tal y como indicaba su nombre, un sótano, y se usaba como almacén de trastos viejos. Lo más extraño que había en él era un colchón sucio tirado en el suelo: el resto eran tablones, sillas rotas, alguna imagen religiosa destrozada por los años... y una arqueta. No es que ésta tuviera nada de particular, si exceptuamos el hecho de que estaba cerrada, y de que la llave de la puerta del sótano, aunque parecía encajar, no giraba. Ah, y sí: un ratón me siguió, desafiante, pero decidí perdonarle la vida. No fuera que el clérigo tuviera razón y Dios se enojara conmigo si destruía una de sus criaturas, por repugnante que ésta fuera.

Volví a subir, cerré la puerta y recoloqué la mesa en su sitio. La condenada pesaba lo suyo, y me dije que ése era el castigo que la vida deparaba a los curiosos. Me preocupé de dejarla exactamente donde estaba; sólo faltaba que además de no encontrar nada que mereciera la pena me ganara otra reprimenda por meter las narices donde no debía. Y, la verdad, no habría vuelto a pensar en todo ello si no hubiera sido porque varios días más tarde vi que el clérigo había movido la mesa. La había devuelto a su sitio, sí, pero no con la misma precisión. No es que le concediera demasiada importancia, pero lo cierto es que me extrañó.

Proseguí con mi apacible y aburrida existencia durante otro mes. Cuatro largas semanas de esa paz tan anhelada como insulsa. Ahora que ya no tenía ni el misterio del sótano, los días se me hacían eternos y me dejé mecer en ellos como un gato que ronronea al sol. Tenía seguridad, comida, incluso la compañía de un amo que, si bien era parco en palabras, al menos no tenía la mano tan larga como su antecesor.

Las cosas empezaron a torcerse un sábado: aquel día comimos después de la misa, como era habitual. Los sábados era costumbre cocinar una cabeza de carnero, y yo había ido al mercado a por ella. Quiero dejar claro aquí que, a pesar de su talante bondadoso, ciertos alimentos eran sólo para el amo, así que, mientras yo me tomaba un caldo sustancioso con pan, él la había engullido entera: ojos, lengua, cogote, sesos... Hasta la carne que tenía en las quijadas había arrancado sin pausa. Había algo casi obsceno en su forma de comer; lo hacía de manera voraz, masticando con cuidado, royendo todos los huesos. Intenté no mirarlo demasiado: la verdad era que me repugnaba un poco. Tanto que, esa noche, no fui capaz de beberme la infusión que de vez en cuando me preparaba mi amo: discretamente la tiré cuando no miraba. No tenía el estómago para hierbas.

Aquella misma noche, cuando ya estaba en la cama, oí que el clérigo salía de casa. Recordé lo que tantas veces me había contado el ciego: no era raro que los hombres de Dios cayeran en pecados del infierno, que luego confesaban a Él directamente, sin intermediarios. Era probable, me dije con una sonrisa, que después de la cabeza de carnero que se había metido entre pecho y espalda mi amo tuviera ganas de otras cosas... Dicen que los placeres, como las penas, se llaman entre sí. En cualquier caso, no era asunto mío: mejor no ver lo que no quieren que veas, me repetí. Y me dormí sin dar más vueltas al tema.

Supuse que mi amo estaría de especial buen humor al día siguiente, pero, para mi extrañeza, no fue así. De hecho, se le veía ojeroso; su sermón matutino fue menos elocuente que otras veces, algo que achaqué a que había dormido menos de lo habitual. Estuvo todo el día como ausente, y yo me cuidé de no cruzarme demasiado en su camino: se notaba a las claras que no tenía ganas de hablar, y yo sabía por propia experiencia que a los amos taciturnos era mejor evitarlos. A pesar de mis esfuerzos, me dirigió un par de miradas altivas, impropias de él. Y, más raro aún, se acostó sin cenar. ¿Será para compensar la lujuria con el ayuno?, me pregunté, sonriendo.

Ojalá pudiera contar lo que sigue de otro modo. Ojalá pudiera decir que actué de manera distinta a como lo hice, pero no fue así: los años me han enseñado a asumir los errores. Ni siquiera pido perdón por ellos:

la vida es una suma de actos, unos nobles y otros indignos, y no merece la pena enorgullecerse ni implorar comprensión. Cada uno carga con su pasado, y sólo cabe esperar que, al final, la balanza se incline hacia el lado positivo. Empezaría así una etapa de mi vida que preferiría no haber vivido y sólo puedo aducir en mi defensa que, como en tantos otros casos, la comodidad se impuso al honor. Al fin y al cabo, me repetí durante esos meses engañándome con el más absoluto cinismo, yo no cometí maldad alguna. Sólo hice oídos sordos a lo que sucedía en el sótano.

Ahora, con una larga vida a mis espaldas, puedo explicarme lo que en esos días, siendo un muchacho inexperto, me llenaba de desconcierto. Ahora sé que hay almas llenas de dobleces, que sucumben a las más perversas pasiones mientras al mismo tiempo fingen una honradez lisa e incólume. El clérigo de Maqueda poseía una de ellas, y su sótano era el escenario donde daba rienda suelta a sus más bajos instintos. Empecé a atar cabos poco después, ya que la repetición de acontecimientos era innegable: cada pocas semanas, mi amo tenía un día tenso en el que se mostraba impaciente, ávido... En esos días yo no hacía nada a derechas y las regañinas eran constantes; cuando anochecía, su ánimo parecía sosegarse, aunque se trataba de una falsa calma: me hablaba con afecto, como si quisiera disculparse, e insistía para que tomara la infusión de hierbas que, según sus propias palabras, «me haría descansar como un bendito». Al día siguiente la apatía reinaba en la casa, y la mesa que cerraba el paso hacia la puerta del sótano amanecía movida.

¿Qué queréis que os diga? Supongo que sabéis lo que hice. Una de esas noches fingí beber y no bebí; fingí dormir y no dormí. Oí el ruido de la pesada mesa al ser arrastrada y al clérigo salir luego de casa. Con el corazón en un puño esperé a que volviera. Lo hizo, de madrugada, pero no venía solo.

Oí su voz que hablaba en susurros, y otra, infantil e inocente, que contestaba. Salí de mi cuarto de puntillas y me aposté en las sombras: clérigo y compañía, una niñita de corta edad, una de esas chiquillas sucias que mendigan por las plazas, descendieron la escalera del sótano; la puerta se cerró tras ellos. Me acerqué a ella y escuché. Poco después los susurros cesaron, pero el silencio resultaba más aterrador que cualquier grito. Era un silencio teñido de dolor y de muerte. Un silencio del que fui callado cómplice durante varios meses.

Como os he dicho, con el tiempo llegué a predecir cada «incidente», cada noche de horror; con el tiempo aprendí a cerrar los ojos y a taparme los oídos. Nunca hice preguntas: callé y seguí como si nada pasara, por cobardía o por instinto de supervivencia. Opté por beberme la infusión y dormir, para así no tener que oír lo que sucedía en la casa... Cuando al día siguiente circulaba el rumor de que había desapa-

Salí de mi cuarto de puntillas y me aposté en las sombras: clérigo y compañía, una niñita de corta edad, una de esas chiquillas sucias que mendigan por las plazas, descendieron la escalera del sótano; la puerta se cerró tras ellos. Me acerqué a ella y escuché. Poco después los susurros cesaron, pero el silencio resultaba más aterrador que cualquier grito.

recido otro niño (y supe entonces que lo mismo le daba que fueran de uno u otro sexo) fingía sorpresa y soportaba la hipocresía del clérigo, que lo achacaba a Satán y a sus secuaces, quienes «no se detenían ante nada en sus actos malignos». Y alguna vez que me atreví a comentar que un ruido me había despertado durante la noche, aquel monstruo, ladino como una serpiente, culpaba a aquellos ratones que yo había perseguido y decía: «Luego bajaré a ver qué pasa». Mentiría si dijera que no pensé en marcharme, en huir de aquella casa depravada, pero el bienestar ganaba la partida a las dudas. No me di cuenta de que en cada una de esas noches mi alma se manchaba, mi mente se embrutecía, mi corazón se volvía más duro: sin ser consciente de ello empezaba a descender por el pozo de la maldad, a sumergirme en sus aguas. Los ojos del ciego me perseguían en sueños, el remordimiento dolía como la peor de las palizas, pero al mismo tiempo resultaba reconfortante; ésa era mi penitencia: las pesadillas, el insomnio, las náuseas. Sabía que podía hacer algo, que en mis manos estaba la llave de ese sótano. Pero, y me avergüenza decirlo aquí, decidí callar. Mirar hacia otro lado. No oír. Vivir como si eso no estuviera existiendo. No he sido el único, pero eso, lo sé, no me disculpa.

Por extraño que parezca fue un velatorio lo que cambió por fin mi vida. El clérigo iba a las casas de los enfermos graves para darles la extremaunción y yo rezaba por sus almas con un fervor inusitado, a sabiendas de que, si morían, la familia nos regalaría un buen banquete. Eran momentos, además, en que salía a la luz la otra cara del clérigo: la amable, paternal. Los parientes del difunto encontraban consuelo en sus suaves palabras y yo observaba la escena y me reconciliaba con él, aunque no dejaba de preguntarme cómo alguien podía ser tan bueno y tan malvado a la vez. Intentaba ver en ese sacerdote considerado al mismo hombre que, al menos una vez al mes, salía a la caza de criaturas perdidas, metía a una en el sótano y hacía con ella Dios sabe qué.

Regresábamos de uno de esos velorios: el muerto en cuestión había sido un anciano enfermo y todo se había despachado con bastante premura. Hacía una noche serena y la luna resplandecía casi completa. El clérigo miró hacia el cielo estrellado y suspiró. Bajé la cabeza, ya que sabía lo que significaba ese gemido. Anduve tan cabizbajo que no advertí que mi amo se había detenido; cuando me percaté de que lo había dejado atrás volví la mirada. Y entonces la vi.

Tardé unos instantes en reconocerla. La niña de los ojos raros, la misma que había curado con la lengua mis heridas sangrantes. Estaba sentada en un portal, sola. La luz de la luna iluminó su cara pálida; desde donde yo estaba no alcanzaba a ver sus ojos de dos colores y sentí la inevitable tentación de acercarme. Di un paso adelante, pero la figura del clérigo, inmóvil cual estatua de piedra, me frenó. El rostro de mi amo, tan amable sólo media hora atrás, dejaba entrever una lucha feroz, como si dos seres distintos intentaran apoderarse de esas facciones: si os digo que en él convivían la piedad y la lascivia no me creeréis, y sin embargo así era. Incluso extendió una mano, sin darse cuenta, y acarició el aire. «Pobre niñita —le oí murmurar—. Tan sola a estas horas...»

Me sorprendí a mí mismo al decir, con voz muy firme:

—Vamos, señor. Es muy tarde.

Asintió con la cabeza, distraído, y mantuvo la mirada fija en aquella figurilla solitaria durante unos instantes más. Luego, casi a regañadientes, siguió andando y enseguida apresuró el paso. Supe que quería llegar a casa cuanto antes, dejarme allí y volver a salir antes de que la niña se alejara del lugar donde estaba. Lo supe. Apreté con fuerza la llave de la puerta del sótano que llevaba en el bolsillo. Su tacto metálico fue como un latigazo que me recorrió el brazo. No iba a dejar que le hiciera nada a esa niña... A ella no.

Tal y como sospechaba, el clérigo abandonó la casa en cuanto pensó que yo estaba dormido. Tembloroso, me levanté del jergón en cuanto oí que se cerraba la puerta de la calle. De puntillas me acerqué al sótano provisto de una vela encendida. En la otra mano llevaba la llave. La coloqué en la cerradura y la giré con suavidad; se abrió la puerta y ante mí apareció aquella escalera de piedra, media docena de toscos escalones de altura desigual. Olía a cerrado, a humedad; una telaraña se enredó en mis pies descalzos. Mis ojos fueron acostumbrándose a la oscuridad, y levanté la vela para ver mejor. Reconocí de nuevo aquel espacio rectangular, cochambroso y sucio, y a diferencia de mi visita anterior, percibí en él algo siniestro. El basto colchón seguía tirado en el centro, aunque ahora ya no tenía que preguntarme para qué servía; vi una rata que lo cruzaba de lado a lado, deprisa, asustada por la repentina luz. Dirigí mis pasos hacia la arqueta y esta vez, sin contemplaciones, rompí la cerradura de un puñetazo. Su contenido me estremeció: era un osario... Media docena de cráneos y multitud de huesecillos aparecían diseminados dentro. Volví a cerrarla ahogando un gemido de repulsión.

Busqué un lugar donde ocultarme; no fue difícil, cualquier rincón serviría: sólo tenía que apagar la vela en cuanto oyera abrirse la puerta. En realidad no sabía muy bien qué pensaba hacer. Sabía que no podía dejar que hiciera daño a esa niña. Que se lo impediría fuera como fuese. Pensé entonces que necesitaría un arma, algo con que golpear al clérigo, y rápidamente cogí un tablón suelto que había cerca del colchón. Con él cerca me sentí más seguro. El corazón me latía como si quisiera estallar; acurrucado, esperé y esperé. Mi sombra se dibujaba en la pared, mucho más grande que yo, agazapada, preparada para atacar. La misma rata que había huido de mí me observaba desde el rincón opuesto, inmóvil. Me enseñó los dientecillos y lanzó un chillido. Me levanté y la amenacé con el tablón, pero no se movió, así que se lo arrojé con todas mis fuerzas. Le di de pleno y me permití una sonrisa de satisfacción. Me incliné para recuperarlo, esperando ver al animalejo aplastado en el suelo. Pero, al cogerlo, vi que aquel roedor seguía vivo, mirándome, como si no hubiera recibido golpe alguno. Y entonces me percaté de que no era el único. Salían de todos los rincones, llenaban el suelo, descendían por las paredes. Corrían hacia mí. Un repugnante ejército de ratas de distintos tamaños, hambrientas, agresivas. Noté un mordisco en el tobillo y pegué un salto. La vela cayó al suelo. Afilados dientecillos me recorrían las piernas y herían mis pies descalzos. Intenté zafarme de ellas a puntapiés, pero se adherían a mis dedos. Los chillidos eran ensordecedores. Y entonces, cuando creía ya que mis días terminarían ahí, devorado por un hatajo de ratas inmundas, se abrió la puerta del sótano. Como si obedecieran la señal de un general invisible, los bichos se replegaron. Volvieron a sus posiciones fundiéndose en la oscuridad. Incapaz de arrastrarme hacia el rincón donde me había ocultado por miedo a encontrarme con ellas, permanecí inmóvil.

La luz descendía los escalones. Dos personas bajaban: el clérigo... y la niña. Se detuvieron junto al colchón. Por suerte, el hombre me daba la espalda y al mismo tiempo su cuerpo evitaba que me viera la cría. Apenas podía verla yo, pero sabía que era ella. No me digáis cómo; lo sabía. Mis dedos buscaron la tabla y me quedé muy quieto, mirándolos fijamente desde el suelo. Como una rata más, me dije.

—Aquí estarás mejor que en la calle —susurró mi amo, y su mano bajó la capucha que cubría los cabellos de la niña.

Ella se apartó un poco, lo bastante para que yo entrara en su ángulo de visión. Sus ojos bicolores expresaron sorpresa durante un instante. Negó con la cabeza de manera casi imperceptible.

—¿No te gusta? —preguntó el clérigo. Había algo pastoso en su voz, sonaba distinta. Vi cómo se llevaba la mano a la entrepierna mientras hablaba.

La niña se volvió hacia él y le sonrió.

—¿Voy a dormir ahí? —preguntó mientras señalaba el colchón.

—Sí —dijo él—. Pero no temas, no te dejaré sola... No quiero que te asustes de los ratones.

La niña se sentó en el colchón y miró a su alrededor. El clérigo se acercó a ella y la besó en la frente, como haría un buen padre. Luego se dejó caer de rodillas, a su lado.

—¿Te dan miedo las ratas?

La niña asintió.

—Son unos animales feos, pero no dejaremos que le hagan daño a una chiquilla tan guapa como tú.

Me maldije al comprobar que, desde donde me hallaba, si daba un solo paso más entraría en el ángulo de visión del clérigo. Ella me daba la espalda; él la abrazó.

Aproveché que mi siniestro amo cerraba los ojos y aspiraba el olor del cabello de la chiquilla. Ella intentó apartarse un poco, pero el hombre, mucho más fuerte, la mantenía firmemente agarrada.

—Chist... —le dijo—. Tranquila...

Yo me preparé para atacar: despacio me acerqué a ellos, dispuesto a descargar la tabla con todas mis

Y entonces me percaté de que no era el único. Salían de todos los rincones, llenaban el suelo, descendían por las paredes. Corrían hacia mí. Un repugnante ejército de ratas de distintos tamaños, hambrientas, agresivas.

fuerzas contra el cráneo del maldito clérigo. Oí sus jadeos entrecortados que se convirtieron, un instante después, en un aullido de dolor. Ella se apartó. Un río de sangre manaba de la entrepierna de mi amo, que cayó de rodillas. La luz de la vela iluminó el cuchillo con el que, de un tajo certero, ella le rebanó la garganta. El borboteo de sangre fue seguido de un chillido intenso. Una mancha roja se derramó sobre el suelo, y del techo, cual murciélago, saltó una de las ratas, atraída por su vivo color.

Yo seguía con el tablón en el aire, atónito. La niña se puso de pie y saltó del colchón, alejándose así de las ratas. Se volvió para mirarme.

—¿Qué haces ahí parado? ¿Quién demonios eres?

Me dije que era a mí a quien correspondía hacer esa última pregunta, pero el rumor de dientes de los roedores me quitó las ganas de hablar. Ella tampoco esperó respuesta; la vi correr escalera arriba, sólo para chocar contra la puerta cerrada. Se volvió hacia mí con expresión de impaciencia. La seguí y saqué la llave. Cuando ya había abierto la puerta eché un último vistazo al sótano: el cuerpo de mi amo había quedado sepultado bajo un sudario de ratas voraces.

Juntos salimos de la casa. Aún era de noche, pero una leve línea de luz se insinuaba en el horizonte. Anduvimos en silencio hacia las afueras del pueblo. Ella ni me miraba: sus extraños ojos parecían fijos en el camino, se movía deprisa. Sólo se detuvo un momento, al principio, para secar el cuchillo con su falda, muy ancha y larga hasta los tobillos, y luego guardarlo con cuidado en la bolsa que formaba uno de sus pliegues. Cuando llevábamos al menos media hora andando, de repente se volvió hacia mí y me dijo:

—¿Se puede saber adónde vas?

Había una nota de impaciencia en su pregunta, y a mi pesar bajé la cabeza, avergonzado. Balbuceé una respuesta.

—¿Qué? —Ella seguía andando a buen paso. En sus gestos se leía que habría preferido continuar sola, pero yo no estaba dispuesto a quedarme atrás.

—Había bajado al sótano para ayudarte —repetí, intentando dar un aire de dignidad a la frase.

Ella sonrió, desdeñosa.

—Pues te lo agradezco, aunque ya ves que no hacía falta. —Apretó el paso, decidida a perderme de vista. Llevado por un impulso, la agarré del brazo. Se revolvió como un gato furioso: su ojo azul lanzaba destellos de ira—. ¡Suelta! —murmuró en voz baja; en el susurro viajaban todas las amenazas del mundo.

—Es... espera... No tengo adónde ir. —Dejé caer los brazos y me obligué a mirarla a la cara—. No... no...

Y entonces, para mi más absoluta desdicha, todo lo que había pasado en los últimos meses cayó sobre mí. La fuerza de los recuerdos, de las noches en vela, del horror adivinado y finalmente visto, me sacudió en el peor momento y me derribó al suelo. Caí de rodillas en medio del camino, haciendo esfuerzos por no llorar. Me ardían los ojos y me mordí los labios para reprimir un sollozo. No conseguí levantar la mirada del suelo: deseaba que el suelo me tragara en ese mismo instante. Yo, que me había imaginado en el papel de caballero salvador, representaba ahora el de doncella asustada.

Ella se había parado y me contemplaba con los brazos en jarras.

—Olvídate de esto —me dijo, y aunque su voz seguía siendo fría, percibí un atisbo de compasión—. Búscate otro amo más decente y sigue con tu vida.

—¡No! —La indignación ante aquel tono displicente me hizo ponerme de pie, como impulsado por un resorte—. ¿Qué diablos está pasando? ¿Quién era esa gente de la iglesia que acabó con la vida del ciego? ¿De dónde han salido esas ratas infames y asesinas?

Di un paso hacia ella. No sabía por qué estaba tan enojado de repente con esa niña; sólo presentía que ella podía dar respuesta a todas mis preguntas, y yo no tenía la menor intención de quedarme allí y seguir intentando descifrar ese misterio a solas.

Ella miró hacia el horizonte y soltó un suspiro de exasperación.

—No lo sé. Tampoco es quien yo creía que era, pero estoy segura de que el mundo estará mejor sin él.

Asentí sin comprender: mi cerebro funcionaba a toda velocidad. No quería que se fuera, no quería estar solo. Levanté la cabeza e intenté lanzarle una mirada dura. Luego, muy despacio, me arañé con fuerza el antebrazo. Una leve sombra de sangre se deslizó por él. Ella bajó la cabeza y todo su cuerpo se tensó. Su lengua acarició sus labios, salivaba como un perro famélico; sus ojos parecían seguir aquella gota roja que serpenteaba sobre mi piel blanca. Inclinó la cabeza a un lado y avanzó un paso. Yo sonreía, con el brazo en alto, mostrándole el cebo de mi herida.

—¡Imbécil! —me espetó ella. Mi sonrisa se desvaneció al ver su expresión de desprecio. Fue sólo un instante, porque, tras lanzar un profundo suspiro, la niña dio media vuelta y salió corriendo bosque a través.

La maldije en voz alta y la seguí a distancia. No sé por qué: tal vez porque, de un modo extraño, cerca de ella me sentía seguro.

Cuando empezaba a amanecer la perdí de vista. Sucedió de repente, así que me dije que no podía estar muy lejos. Corría a través del bosque y al instante siguiente no quedaba ni rastro de ella. Desconcertado barrí el suelo con la mirada: nada. Tardé un buen rato en dar con su escondrijo, y de hecho lo descubrí por casualidad. Unas ramas secas cubrían algo que parecía un agujero y al apoyar el pie éstas cedieron; resbalé y mis nalgas fueron a chocar contra el duro suelo. Entonces la vi: estaba tumbada en el fondo, acurrucada como una niña pequeña y con el dedo pulgar en la boca. Parecía la viva imagen del candor y la inocencia; dormía como sólo lo hacen los ingenuos, entregándose al sueño profundamente y con una sonrisa en los labios. Algo en su postura me conmovió y, para que la naciente luz no la despertara, volví a colocar las ramas en su sitio y me senté al borde del hoyo. Allí me quedé, solo y cansado, esperando sin saber muy bien qué esperaba.

El sol descendía ya cuando despertó y salió del agujero. Pareció sorprendida al verme allí.

—¿Aún no te has ido? —me preguntó de mal humor. Sentí una irritación instantánea: la ternura que me había inspirado dormida se transformó en ira al oír su voz. La habría empujado al fondo del hoyo de buena gana.

—No me iré hasta que me cuentes qué es lo que pasa —repliqué, enfurruñado.

—¿No has oído nunca que la curiosidad mató al gato?

—¿Y tú que el gato, aunque lo maten, tiene siete vidas? Creo que me quedan unas cuantas...

Se rió, a su pesar. Se sacudió la larga falda y se pasó la mano por sus enmarañados cabellos rizados. Me miró de arriba a abajo, como si estuviera decidiendo qué hacer conmigo. Por fin suspiró y, tratando de esconder una sonrisa que pugnaba por aflorar en sus labios, dijo:

—Está bien. Ven conmigo. Prefiero llevarte al lado que agazapado de árbol en árbol detrás de mí; me inquieta que me sigan... —Me recorrió con la mirada—. Has crecido desde la última vez que te vi.

Me erguí cuanto pude; ella meneó la cabeza y emprendió el camino.

Así pues, juntos, como dos mendigos sucios y desarrapados, entramos en la insigne ciudad de Toledo días más tarde. No averigüé muchas cosas más durante esos días; sólo su nombre, Inés. De nada sirvieron mis esfuerzos por sonsacarle algo de su pasado, o sobre qué la había llevado hasta el hogar del depravado clérigo. Inés hacía oídos sordos y, para mi exasperación, respondía con vaguedades o callaba directamente. Al final me dijo con voz firme que satisfaría mi interés en cuanto llegáramos a Toledo. Su tono no admitía réplica, así que contuve las ganas de zarandearla y opté por no insistir. Durante las dos jornadas que duró el viaje a pie anduvimos desde el atardecer hasta que salía el sol; luego Inés buscaba algún lugar donde refugiarse de la luz. Con voz trémula, impropia de ella, me pidió que vigilara que el sol no le diera en la cara mientras dormía. La miré sin comprender, pero, como empezaba a acostumbrarme a sus caprichos y cambios de humor, asentí. La verdad era que me gustaba verla dormida.

Inés parecía conocer bien aquellas intrincadas calles y se dirigió sin vacilar hasta una casa vieja, situada en una de las callejas que daban al río. Llamó tres veces a la puerta, y ésta fue abierta por otra mujer, de aspecto avejentado y ojos perspicaces.

—Empezaba a preocuparme —dijo cuando ambos entramos dirigiéndose a Inés—. ¿Cómo te ha ido por Maqueda?

Inés sonrió.

—Bien y mal. El clérigo está muerto, pero no es quien sospechábamos.

La vieja soltó un bufido que sofocaba una carcajada. Entonces me miró por primera vez.

—¿Y éste?

Fui a presentarme cuando Inés me interrumpió.

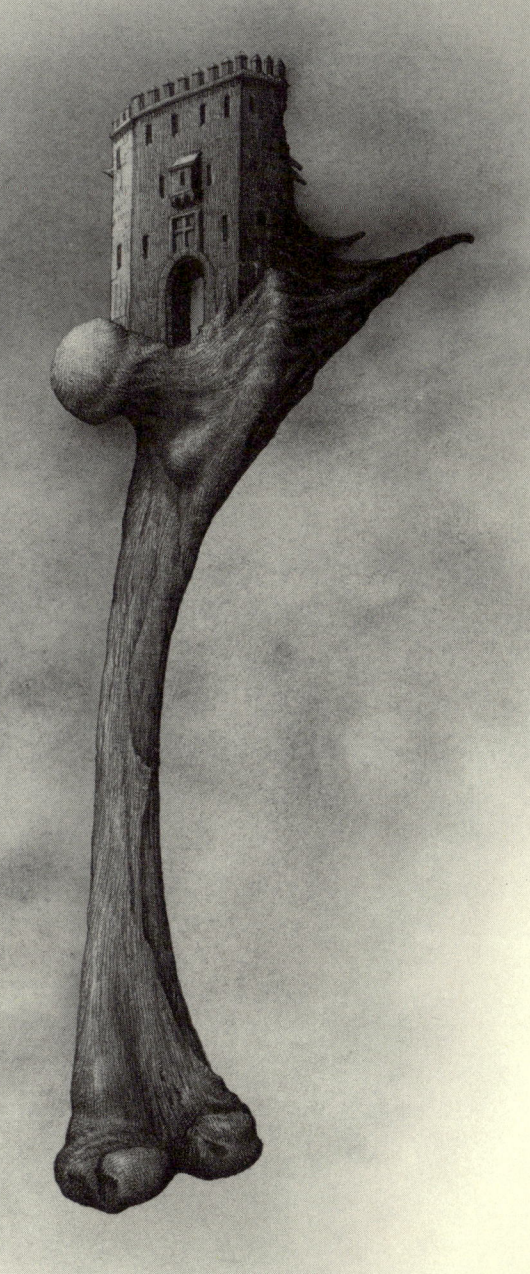

Así pues, juntos, como dos mendigos sucios y desarrapados, entramos en la insigne ciudad de Toledo días más tarde. No averigüé muchas cosas más durante esos días; sólo su nombre, Inés.

—Me lo encontré por el camino —mintió.

La mujer me observó con mala cara.

—¿Y...?

Inés se encogió de hombros, y sin añadir nada más se dirigió hacia uno de los cuartos de la casa. Me quedé junto a la puerta, de pie, y vi cómo la otra mujer la seguía. Las oí murmurar: la vieja decía que no podía quedarme allí, que ya no había espacio para nadie más; Inés respondió algo que no entendí. En cualquier caso, como tardaban en salir, me dediqué a observar el austero interior. Una mesa vieja y carcomida con cuatro sillas desvencijadas; un fuego débil en la chimenea de piedra y un caldero humeante lleno de una sustancia espesa que no olía a nada eran los únicos muebles de la pieza. Acerqué una silla al fuego y me calenté las manos. La luz de las velas dibujaba sombras en las paredes. Tenía la vista fija en las tenues llamas cuando noté que una mano se apoyaba en mi hombro y oí un susurro que parecía proceder de la nada.

—¿Tú quién eres?

Me sobresalté y busqué el origen de la voz. Lo descubrí al bajar la cabeza: procedía de un enano que me miraba con desconfianza.

—Me llamo Lázaro —me presenté.

—¿Has venido con Inés?

Asentí, y pareció satisfecho con la explicación. Entonces alguien chasqueó los dedos y el enano salió trotando como un cachorro. Lo seguí con los ojos y le vi saltar sobre el regazo de otra mujer, distinta a la que nos había abierto la puerta, más joven y excelentemente dotada. Observé el tamaño de sus senos: eran los más grandes que había visto nunca; blancos y mullidos, parecían estar a punto de reventar el estrecho corpiño. El enano hundió la cara en ellos y la mujer sonrió satisfecha. Al verla supe al instante dónde me hallaba: aquélla no era una casa corriente. Inés me había llevado a uno de esos lugares donde, según dice la gente, habitan mujeres de mala vida. Los conocía de mi vida junto al ciego, pero lo cierto era que nunca había estado solo en uno de ellos.

—No te asustes, mozo —dijo la mujer.

—Se llama Lázaro —explicó el enano, apartando por un momento los labios de los inmensos pechos—. Lo ha traído Inés.

Ella le acarició la cabeza, casi desprovista de pelo. Formaban una extraña pareja, pero resultaba evidente que se querían. Tragué saliva. Antes de que pudiera responder, Inés apareció en el umbral. Se la veía tranquila, satisfecha. Caminó hacia el fuego y se sentó a mi lado tras brindar una sonrisa a los otros a modo de saludo.

—Los demás han salido de caza —dijo el enano—. Volverán al amanecer, como siempre.

La mujer le hizo callar con un gesto y miró a Inés. La expresión de duda de su rostro era evidente: quería saber qué podían decir delante de mí. Inés desvió la mirada y la posó en el fuego. Parecía pensativa, como si estuviera a punto de hacer algo que podía acarrearle problemas. Pensé que había llegado el momento de insistir de nuevo.

—Dijiste que responderías a mis preguntas en

cuanto llegáramos a Toledo... —dije, dejando la frase en el aire.

Atizó el fuego hasta que las llamas cobraron más vida y luego volvió hacia mí su cara de niña; sus ojos brillaban más que nunca.

—Hay preguntas que es mejor no responder —susurró—. Hay respuestas que es mejor no saber.

No moví ni un músculo. Intuí que, a pesar de sus palabras, estaba a punto de ceder. No me equivocaba.

—Está bien —exclamó con un deje de hastío—. Bienvenido a nuestra casa, Lázaro. ¿Quieres unirte a nosotros? ¿Quieres saber más de los seres de la noche? Entonces calla y escucha, y aunque lo que vas a oír te confunda no hagas preguntas. Tampoco tenemos todas las respuestas. Sólo sabemos lo que nos ha tocado vivir...

Miré a mi alrededor. La vieja había salido del cuarto y rezongaba algo al oído de la mujer que estaba sentada, que se rió. Su risa agitó sus enormes senos y movió la cabeza del enano, que se apartó un poco, molesto.

—¡Te vas a ahogar, Rómulo! —advirtió la vieja.

Él le hizo un gesto desdeñoso y le sacó la lengua. La que lo tenía en brazos lo acercó hacia sus pechos de nuevo sin decir nada. Otro hombre surgió de la oscuridad: estaba muy flaco, la camisa abierta dejaba entrever sus huesos. Caminaba apoyado en una especie de muleta y vi que le faltaba una pierna.

—¡Los seres de la noche! —dijo la más vieja con voz cascada, riendo—. Esta niña nos ha salido poeta.

Pensé que Inés se enojaría, pero sonrió. Al parecer se enfurecía sólo conmigo, me dije, pero más raro fue que eso me hiciera sentir bien.

—Míranos —empezó—, somos los desechos de la Corona. Te presento a Brígida, es la puta vieja y la dueña de esta casa, así que trátala bien o te echará a la calle; a su lado está Lucrecia: sus tetas han amamantado a la mayoría de los hombres de Castilla, y no precisamente durante su infancia... En sus rodillas está Rómulo, al que echaron de un grupo de cómicos por aburrido: al parecer creían que los enanos tienen que ser siempre graciosos, pero el pobre Rómulo no haría reír ni a una hiena, ¿verdad, chiquitín? Y luego tenemos a Dámaso... —Se detuvo y su voz se volvió más tierna—. Es mi hermano.

Lo miré: nunca habría adivinado el parentesco a primera vista. Mucho más moreno y con largos cabellos, podría haber pasado por un trovador o un poeta. Sus ojos, de un negro intenso, miraban a Inés con un fervor inusual.

Hizo una pausa antes de continuar:

—Luego conocerás a los demás; están a punto de regresar. Pero será mejor que te contemos qué nos ha agrupado a todos bajo este mismo techo roto. Así podrás irte antes de que te vean los otros. Pero prométeme una cosa: cualquiera que sea tu decisión, mantendrás esa boca de bobo cerrada. No nos gustan los chivatos.

Sentí las miradas de todos clavadas en mí, como dardos afilados perforándome la piel. Parecían capaces de atravesarla y llegar hasta mi interior, de paralizar mis órganos a voluntad. Asentí con la cabeza.

Lo miré: nunca habría adivinado el parentesco a primera vista. Mucho más moreno, y con largos cabellos, podría haber pasado por un trovador o un poeta. Sus ojos, de un negro intenso, miraban a Inés con un fervor inusual.

No se oía nada en la casa. Rómulo parecía haberse dormido con las tetas de Lucrecia por almohada.

Inés siguió hablando. El fuego iluminaba la mitad de su cara, su ojo azul centelleaba con más intensidad que nunca. Su voz era ronca, como la de alguien que va a confesar algo doloroso sin esperar absolución, sólo por la necesidad de vaciar el alma.

—Te he dicho antes que somos los desechos de la Corona: putas, tullidos y... —iba a añadir algo, pero Dámaso tosió e Inés se lo pensó dos veces; luego prosiguió—: Pero a pesar de eso hemos decidido ser algo más, hacer algo que ponga fin al horror. —Removió el fuego una vez más, como si le costara proseguir—. Algo ha estado sucediendo en este país, algo que llegó de muy lejos y que empezó a levantar a los muertos de las tumbas. No descansaban en paz: se estremecían, nerviosos, buscaban la salida; rascaban con sus uñas moradas la tierra que les cubría, sacaban sus cuerpos decrépitos y se arrastraban hacia sus antiguos hogares. Se negaban a seguir muertos pero difundían su hedor y su podredumbre por doquier. Hasta ahora se conformaban con eso: con salir de madrugada para visitar a los seres que los habían querido en vida... Últimamente, las cosas han cambiado.

Pensé entonces en los extraños sucesos que había visto en los últimos años, desde la primera noche en que oí a mi madre en la cama susurrando el nombre de su amante muerto hasta la dama que había interpelado al ciego a las puertas del cementerio. A pesar de lo peregrino de todo aquello, supe que Inés decía la verdad.

—¿En qué han cambiado? —pregunté, al ver que ella permanecía absorta mirando el fuego.

—La vida y la muerte empiezan a confundirse. Hay muertos que caminan como vivos y vivos que en el fondo están muertos. Estos últimos son los más peligrosos. —Volvió su cara hacia mí y vi que le ardían las mejillas—. ¿Sabes una cosa? Los muertos no tienen sentimientos, ni remordimientos, ni freno. Los muertos están libres de culpas y cadenas. Sus hermanastros, los que han muerto aunque no lo parezca, comparten con ellos esa falta de escrúpulos. Dan rienda suelta a sus deseos más obscenos, más prohibidos, más ocultos... No se detienen ante nada.

—Pero... —intenté buscar las palabras—, ¿me estás diciendo que es como la peste?

—Algo así, aunque mucho más lento y de consecuencias mucho peores. Ignoramos cómo sucede, pero sabemos que es así. Lo hemos vivido a nuestro alrededor... Nuestros padres, hermanos, amantes, esposas... Todos tenemos una historia que contar. Todos nosotros hemos sufrido ese horror de cerca...

Un ruido en la puerta la interrumpió. La vieja le lanzó una mirada torva antes de ir a abrir.

—Deben de ser ellos, que vuelven —dijo el tal Dámaso, y en ese momento oí su voz por vez primera. La misma voz que, con el tiempo, traduciría mi vida en frases llevado por el rencor. La misma voz que traicionó la verdad. Pero entonces yo aún no lo sabía.

Ciertamente, eran *ellos*: cuatro hombres y una mujer que entraron sonrientes y sucios, satisfechos y agotados. La vieja nos apartó del fuego y empezó a servir el contenido del caldero en platos. Los recién llegados se sentaron en torno a la mesa y los demás los asaetearon a preguntas. El que parecía estar al mando los acalló con un gesto fatigado.

—Todo ha salido bien. Otro camposanto limpio —declaró, con una sonrisa amarga—. Pero ha sido duro... Cada vez resulta más difícil, cada vez se aferran más a esa vida. —Entonces posó sus ojos oscuros en Inés—. ¿Y el cura de Maqueda?

Ella se pasó el dedo índice por la garganta; el ademán era claro.

—No era uno de ellos. Sólo un depravado mortal...

El hombre la miró y asintió. Estaba claro que la noticia no le gustaba.

—¡Buen trabajo! Luego me lo cuentas todo. ¡Ahora tenemos que llenar estas barrigas vacías! Los no muertos me abren el apetito —añadió, riéndose.

Miré a Inés: pareció halagada, como si los elogios de aquel hombre significaran mucho para ella. Él no se había percatado de mi presencia, así que pude observarle bien. Era distinto a los demás, de eso no cabía duda; si los otros eran, en palabras de Inés, desechos de la Corona, él podría haber sido un príncipe. El aplomo de sus gestos, sus manos cuidadas y su voz, educada y firme, denotaban unos orígenes bien diferentes de los del resto. Aunque sucio y cansado como los otros, había una innegable distinción en su figura. Su mirada era también más penetrante, y con ella acarició el rostro de Inés. Como un bobo, me interpuse entre ambos para atajar aquella caricia a distancia. Fue un impulso que no pude contener.

—Vaya... No me habíais dicho que tenemos un invitado —dijo el caballero, y a pesar de su tono amable había en él un atisbo de reconvención.

Inés me apartó de un leve empujón.

—Se llama Lázaro, don Diego. Vivía con el clérigo de Maqueda. Ahora se ha quedado en la calle...

La carcajada fue general. Noté que en parte se reían de mí y eso me enfureció por dentro.

—¡Eh, Brígida! ¿Llega esa comida o no? —protestó otro de los hombres sentados a la mesa. Tenía una voz extraña y me di cuenta de que le faltaba la mayor parte de los dientes.

—¡Ya va, Pedro! ¡Ya va! —repuso ella, mientras iba hacia él con un plato lleno en las manos.

El tal Pedro la agarró por la cintura y casi logró que derramara el contenido del plato encima de otro de sus compañeros, que destacaba por sus cabellos de un vivo color rojo. Al lado de éste, un joven de obvios rasgos moros observaba la escena en silencio.

—¡Otra cosa me darás de comer luego!

Ella se zafó de su agarre y se dio media vuelta, pero en la mirada que le dirigió estaba claro que ambos comerían a gusto más tarde.

—¡Tú, el monaguillo! ¿Tienes hambre?

Caí en la cuenta de que sí en cuanto Brígida me lo preguntó. De hecho llevaba varios días alimentándome sólo de frutos del bosque y algo de pan que había robado en uno de los pueblos. Inés no había probado bocado en todo el camino, ni tampoco lo hizo ahora. Yo sí: engullí un plato de aquella sopa densa, que sabía mejor de lo que parecía, y luego otro. Durante la cena, la mujer que había llegado con ellos, de quien Rómulo me dijo que se llamaba María, contó con pelos y señales la incursión con antorchas en el cementerio. Escuché con atención: ella se había apostado en la puerta, para distraer a algún posible curioso o a alguna pareja que buscara la paz de las lápidas para dar rienda suelta a sus bajos instintos, y los hombres habían entrado en la tierra de los muertos. Habían rociado las tumbas con agua bendita, y en aquellas en que el líquido arrancaba humo de la piedra, habían acercado las antorchas para que el cadáver ardiera. Lo contaba como si lo hubieran hecho cien veces, como si fuera lo más normal del mundo, y, de no haber sido por mis propias experiencias, habría jurado que eran una partida de dementes.

Luego don Diego me preguntó por mi vida; daba la impresión de sentir un genuino interés, así que me sorprendí contándoles todo: mi infancia a la vera del Tormes, la condena de mi padre, mi partida con el ciego y finalmente mi estancia con el clérigo. De ésta omití el hecho de haber adivinado los malos actos que cometía en el sótano, y aunque dudo que le engañara, don Diego no preguntó. Sí mostró mucho interés, en cambio, por el pueblo donde perdí a mi amo ciego. Yo recordaba bien el nombre, ¿cómo olvidarlo?, pero tragué saliva antes de decírselo, como si dudara.

Don Diego se quedó pensativo, y todos parecieron comprender el porqué. Sin embargo, ninguno de ellos añadió nada más.

Después de la cena, o el desayuno, porque casi era de día ya, Inés y el caballero se retiraron a uno de los cuartos. El potaje que había comido se me agrió en el estómago al verlos. ¿Qué diantre me pasaba?, pensé.

—Ella no es para ti, mozo —dijo Rómulo.

Enrojecí al verme pillado.

—Ni él para ella—añadió, y se marchó en pos de Lucrecia como un perrito faldero.

Ni siquiera los celos resisten al cansancio. Debí de quedarme dormido con la barriga llena, porque un rato después una mano sobre mi hombro me despertó.

—Inés me ha dicho que eres de fiar.

Abrí los ojos y vi al caballero. Semblante serio, algo ojeroso, pero amable.

—Hoy es tu día de suerte. Necesito un mozo en casa porque el que tenía huyó asustado. Espero que tú me dures más.

—Sí, señor.

—Pues vámonos, que la jornada de ayer parece no tener final y aún me quedan cosas que hacer.

Y así, sin más preámbulo, entré a trabajar como mozo de don Diego de Valdés y Barrera.

TRATADO TERCERO

Cómo Lázaro se asentó con un caballero y de lo que le acaeció con él

Empecé así mi singladura con el tercero de mis amos, uno muy distinto a los otros, cabe decirlo. Debo admitir que, si bien mis sentimientos hacia él rozaban la más pura envidia, nada había en su trato que pudiera reprocharle; al contrario, desde el primer día combinó la firmeza de señor con la amabilidad de un amigo. Hubo siempre algo en él que hacía que uno deseara ser mejor: no ordenaba, sugería; no se enojaba ante los errores, sino que parecía abatido por ellos. Su mayor castigo era el silencio, y reconozco que ese mutismo procedente de alguien que parecía apreciarte sinceramente dolía más que las palizas del ciego.

En ese primer día anduvimos hasta una iglesia cercana, la de Santo Tomé. Eran ya las once cuando entramos en ella, y don Diego oyó misa con una devoción concentrada. Permaneció de rodillas hasta mucho después de que hubiera terminado el servicio, con los ojos cerrados y la cabeza baja, como si estuviera absorto en una conversación privada con el Altísimo. En su semblante serio se adivinaban nubes de tormenta, como si una profunda desazón le impidiera moverse. Por fin, tras un buen rato de espera, abandonamos el frescor del templo e iniciamos el camino hacia la que sería mi nueva morada. La casa se hallaba prácticamente a las afueras de la ciudad, casi aislada en medio del campo. Mi nuevo amo se echó la capa a un lado, sacó una llave de la manga y abrió la puerta. La primera visión me encogió el corazón: accedimos a una entrada oscura y lóbrega, aunque lo cierto era que la vivienda se veía espaciosa y tenía un pequeño patio y bastantes cámaras.

Tras despojarse de la capa y doblarla con mi ayuda sobre un poyo, se reclinó en él y me preguntó de nuevo por el pueblo que antes había suscitado su interés. Le repetí lo mismo de antes, no sabía más, pero noté que le interesaba la descripción del cura de ojos grises que había visto en él. Mientras hablaba, yo no dejaba de hacerme preguntas sobre ese personaje que tenía delante. ¿Qué hacía un hombre como él, obviamente nacido en noble cuna, junto a un hatajo de rameras y pordioseros? ¿Por qué se había embarcado en aquella lucha contra muertos vivos o vivos muertos? No conseguí, sin embargo, sonsacarle nada, así que me dije que tendría las orejas y los ojos bien abiertos. Poco pude descubrir, no obstante, en los días siguientes, si dejamos de lado que mi nuevo amo era, como he dicho, considerado y respetuoso. Era extraño, pues aunque de él emanaba cierta serenidad, a ratos su cuerpo se tensaba y su mente parecía azotada por tempestades desconocidas: sus ojos, ya de

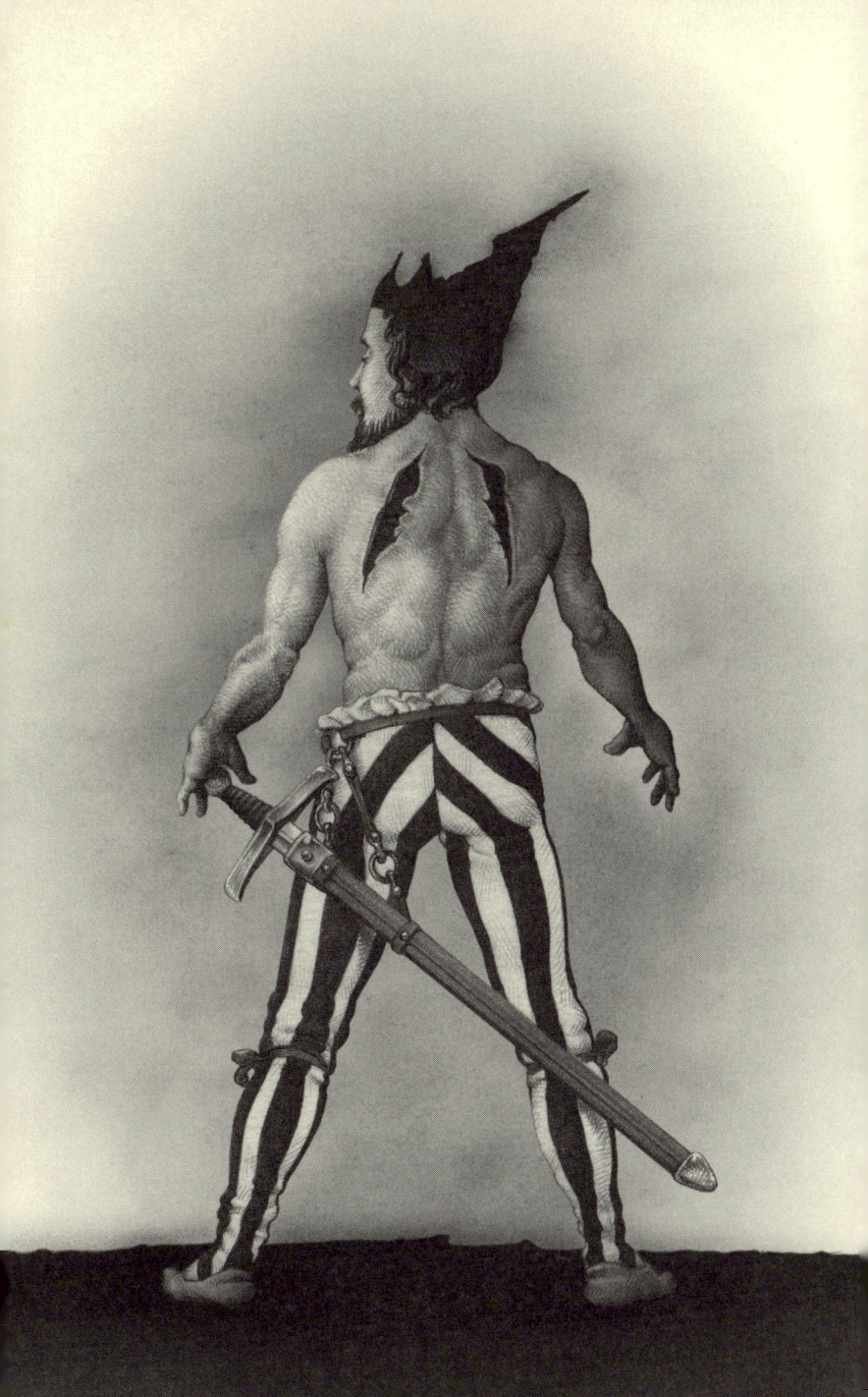

¿Qué hacía un hombre como él, obviamente nacido en noble cuna, junto a un hatajo de rameras y pordioseros?
¿Por qué se había embarcado en aquella lucha contra muertos vivos o vivos muertos?
No conseguí, sin embargo, sonsacarle nada, aunque me dije que tendría las orejas y los ojos bien abiertos. Poco pude descubrir, sin embargo, en los días siguientes, si dejamos de lado que mi nuevo amo era, como he dicho, considerado y respetuoso.

por sí oscuros, se volvían negros como el carbón quemado. En esos momentos se entregaba a largos silencios, o a la oración, y era la suya una fe que parecía sincera aunque poco reconfortante. Mantenía una gran austeridad en todas sus costumbres: comía lo justo para subsistir, dormía sobre una estera de cañas tendida en unas tablas. Mejor dicho, se tumbaba en ella más que dormía, ya que jamás he conocido a nadie que pasara tantas noches en vela. Como al ciego, los demonios parecían asediarle al anochecer, pero los combatía no con vino sino con el estudio y la lectura. Su casa, que apenas si tenía muebles, contenía un gran número de libros. Un día me pilló curioseando entre ellos, y en lugar de reprenderme, preguntó:

—¿Quieres aprender a leer?

Me encogí de hombros. No puede echarse de menos lo que no se conoce. Debió de tomar mi respuesta por afirmativa, ya que a partir de ese día dedicamos un rato cada tarde a iniciarme en los misterios de la letra escrita. Yo odiaba cada uno de esos rayotes que parecían conformar un jeroglífico indescifrable, pero la paciencia de don Diego era inagotable y aquella confianza en mí superó todos mis reparos. Me costó, jamás he sido muy brillante, pero con el tiempo conseguí cuando menos reconocer las letras. La primera vez que escribí mi nombre su sonrisa de orgullo compensó con creces el aburrimiento y el desánimo de los días pasados. A escondidas, escribí después el de Inés.

La vi poco durante las primeras semanas, y en las

contadas ocasiones en que ambos coincidimos el encuentro tuvo lugar siempre en la casa de Brígida, y, ¿cómo no?, acompañados por alguno de los miembros de aquella corte de mendigos de la que mi señor parecía ser el rey, y ella una especie de princesa consorte, siempre protegida por su hermano cojo que la idolatraba con mirada de perro guardián. En una de estas reuniones, sin embargo, que aconteció unas tres semanas después de que yo empezara mis clases de escritura, se habló del asalto al pueblo de los no muertos. Al parecer, el interés que don Diego había mostrado al oír mi historia se debía a una sola causa. Hasta ese momento, su guerra contra esos seres se había centrado en dos frentes: los muertos enterrados que se empeñaban en levantarse de sus tumbas y algún caso aislado de posesión. Era por tanto la primera vez que oían hablar de un pueblo entero, por pequeño que éste fuera, en el que los no muertos actuaban como vivos.

—Debemos proceder con cautela —resumió mi señor—, pero con decisión. Creo que allí se encuentra el sacerdote al que buscamos. Pensábamos que era el clérigo de Maqueda, pero no es así.

Inés sacudió la cabeza.

—Su sangre era roja y viva. Creedme: era un cerdo, pero no era él.

Don Diego asintió:

—Seguimos ignorando qué produce el contagio, por qué unos caen víctimas de esa peste y otros no, pero sí sabemos una cosa: muerto el perro, se acabó la rabia.

El resto asintió con convencimiento.

—Entonces no hay más que hablar. Partiremos hacia ese villorio endemoniado y... ¡que Dios nos ampare! —Hizo una pausa y miró a su alrededor; las caras de aquellos soldados desarrapados le miraban expectantes—. Esta vez iremos sólo los hombres. No quiero que corramos más riesgos de los necesarios.

Inés levantó la cabeza; saltaba a la vista que no le complacía en absoluto verse excluida.

—Escuchad —prosiguió don Diego—, jamás hemos acometido una empresa de esta envergadura. Ignoramos cómo saldrá y qué obstáculos nos aguardan. Recordad que los que reposan en el cementerio están indefensos, yacen a nuestra merced. No resulta difícil quemar sus restos putrefactos; más cuesta, a veces, huir de quienes nos toman por profanadores de tumbas y quieren entregarnos a la justicia. Esto es distinto: lucharemos de igual a igual. Los atacaremos por sorpresa, sí, pero no sabemos cómo responderán. No quiero tener que preocuparme por las mujeres.

Se hizo el silencio. Ellas se miraron, algo contritas, pero Brígida tomó la palabra y zanjó las dudas.

—Aquí os esperaremos... Pero en la siguiente expedición quiero acompañaros: ya estoy harta de revolver el caldero y perderme toda la diversión.

—Tranquila —intervino Inés—. Tenemos una visita pendiente al cementerio de Arcos. Creo que podremos ocuparnos de esa tarea menor mientras los «hombres» aquí presentes lidian con los asuntos más importantes...

Don Diego sonrió.

—Hecho. Partiremos pasado mañana al amanecer. Lázaro —dijo volviéndose hacia mí— está seguro de saber llegar al pueblo.

El corazón me dio un vuelco, pero al tiempo sentí la atención de todos puesta en mí. ¡No existe pecado más necio que el del orgullo, y aun así qué difícil es sustraerse a su influjo! Asentí, satisfecho y aterrado a la vez. Por nada del mundo deseaba regresar a ese maldito sitio, pero aún menos deseaba mostrar mi temor ante mis nuevos compañeros..., sobre todo ante Inés. Aunque, comprobé malhumorado, ella era la única que no parecía impresionada por el papel que yo estaba jugando en esta aventura.

Mi señor y el resto de los hombres, con la excepción de Dámaso el cojo, siguieron discutiendo sobre cómo se llevaría a cabo el asalto, pero en ese momento, por absurdo que parezca, yo sentía más interés en pasar un rato a solas con Inés. Así que aproveché que las «damas» se retiraban de la reunión, no sin soltar alguna ironía que ponía en duda el valor de sus compañeros y el tamaño de sus genitales, para ir en su busca. La vi salir por la puerta sin decir nada a nadie. No pude resistir la tentación de seguirla.

Deambuló por las calles desiertas. Hacía frío, pero no parecía sentirlo y andaba despacio, como si en lugar de una gélida noche de invierno fuera una agradable mañana de primavera. Era como si se sintiera a sus anchas en aquella ciudad dormida. Cuando llevábamos un buen rato caminando sin rumbo, yo a prudente distancia, ella ensimismada en sus propios pensamientos, se dio la vuelta y me espetó:

—¿No te dije que no soporto que me sigan? —El tono era de enfado pero su semblante lo desmentía, así que sonreí.

—Me gusta seguirte. Ya se ha convertido en una costumbre. —Anduve hacia ella porque me di cuenta de que en el fondo me esperaba y proseguimos el paseo juntos. A pesar del silencio me sentí bien, como si me estuvieran aceptando en un lugar que hasta hacía poco me había estado vedado. Poco a poco llegamos a uno de los puentes de la ciudad. Durante unos largos instantes sólo se oyó el plácido susurro del río.

—¿Vives bien con don Diego? —me preguntó de repente.

Asentí, sorprendido.

—Es un buen hombre —dijo pensativa—. Como todos nosotros, ha sufrido más de lo que parece.

Le conté que a veces habría jurado que don Diego llevaba una pesada carga sobre sus hombros, pero que la soportaba en silencio, sin quejarse. Añadí, con orgullo, que me estaba enseñando a leer.

—Me alegro por ti. Acabarás siendo un hombre de provecho —me dijo en tono burlón. Entreabrió los labios en una sonrisa y, llevado por un impulso, antes de que pudiera cerrarlos, lancé mi boca sobre ellos con más ímpetu que acierto. Casi esperaba recibir un bofetón, pero no fue así. En su lugar me apartó un poco, me cogió ambas manos y susurró—: Se hace así...

Acercó su boca a la mía durante sólo un instante, a lo que siguió el roce de su lengua húmeda por todo el contorno de mis labios; se detuvo en el centro de mi boca, su lengua la empujó con suavidad y buscó la mía. Jamás me habían besado, y mucho menos de ese modo. La estreché con fuerza en mis brazos: deseaba prolongar ese momento, aunque me faltara el aire, aunque el calor que encendía mi entrepierna amenazara con hacerla estallar en mil gloriosos pedazos.

Ella se soltó y dio un paso atrás. Sus ojos eran como estrellas mestizas: brillaban distintos, insólitos. Intenté besarla de nuevo, pero cerró los labios. La miré desolado, sin comprender.

—Debes irte —me dijo entonces. Decidí ignorar la orden y la repitió, en voz baja—. Por favor.

Aunque hubiera querido obedecerla, mis pies estaban pegados al suelo, mis ojos fijos en sus labios, mi piel pedía a gritos su piel.

—¡Vete! —Su voz se había vuelto más ronca y ya no me miraba; se cubrió la cabeza con la capucha de la capa y dio media vuelta.

Apoyé el brazo en su hombro y saltó, como si en lugar de una mano amiga se hubiera posado sobre ella la más venenosa de las serpientes. Supe que debía hacerle caso, pero me costaba moverme.

—Inés...

Salió corriendo; se deslizaba casi sin rozar el suelo, como si aquella capa le diera alas, como quien huye del peligro, como quien persigue al ladrón que le ha robado sus últimas monedas. Ni siquiera pude seguirla esa vez: cuando reaccioné estaba tan lejos que su silueta se confundía con las sombras. Desorientado, confuso y de mal humor reemprendí el camino hacia la casa.

Jamás me habían besado, y mucho menos de ese
modo. La estreché con fuerza en mis brazos:
deseaba prolongar ese momento,
aunque me faltara el aire.

La encontré sin problemas, pues en esos días ya conocía bien la ciudad. No hubo piedra del camino que no pateara, ni gato al que no amenazara con el mismo trato. Sin saber muy bien por qué, mi cuerpo pedía pelea. Deseé cruzarme con un borracho, o con un no muerto de esos que perseguían, y darle su merecido. Si instantes antes había sentido un placer inmenso, ahora ardía en mí un creciente anhelo de violencia. Apreté los puños y seguí adelante. Había andado tan deprisa que tardé poco en llegar a la casa de Brígida. Las velas ya estaban apagadas; el interior estaba en silencio. ¡Maldita sea!, me dije al pensar que don Diego ya se habría ido, probablemente enojado por mi ausencia. Unos jadeos entrecortados me sobresaltaron. Procedían, sin duda, del patio trasero de la casa, el que daba al final del callejón. Caminé hacia allá de puntillas, con los puños en alto, deseoso de descubrir a un ladrón o un espía y partirle la boca a golpes. Nada más lejos de la realidad. Estaba claro que aquella noche el frío invitaba al calor humano: era una pareja la que se manoseaba en un rincón oscuro. Unos instantes después todo acabó, y vi cómo uno de los amantes se incorporaba y, sin despedirse, como un ladrón, se arrastraba veloz hacia la puerta de la casa. Creí reconocer al morisco de piel oscura. Movido por la curiosidad aguardé a ver quién era la mujer que retozaba con Miguel, el morisco; tenía que ser María, la que había llegado con los hombres la primera noche, ya que tanto Brígida como Lucrecia parecían tener un amante fijo que les calentaba las sábanas. Si la curiosidad convirtió a la esposa de Lot en estatua de sal, a mí por poco no me mata del susto: quien se levantó y salió huyendo como alma que lleva el diablo no era otro que mi amo y señor, don Diego de Valdés.

No creáis que yo ignoraba que tales cosas sucedían, que había hombres que fornicaban con otros hombres, pero debo reconocer que saber que don Diego era uno de ellos me turbó en gran manera. ¿Era esto lo que le había desterrado a aquella casa austera? ¿Éste el pecado que le atormentaba y por el que pedía perdón en sus oraciones? Al día siguiente tuve tiempo para reflexionar sobre todo ello, ya que mi señor me ordenó que sacara brillo a su espada. La desenvainó con orgullo y expresó su aprecio hacia aquella afilada hoja; tras ello se ausentó, ya que, según él, debía reunirse con los otros para ultimar ciertos detalles del viaje. Antes de irse, sin embargo, viéndome taciturno, me preguntó:

—¿No tendrás miedo de acompañarnos? Cierto es que te necesitamos para localizar el pueblo, pero nadie te pide que corras peligro alguno...

Mi respuesta fue tajante:

—No tengo miedo, señor —mentí—. Al revés, deseo acabar con esos seres inmundos. —Y eso, por contradictorio que pareciera, era verdad: deseaba volver a Inés como un héroe, ser digno de sus besos, demostrar mi valor.

Sostuvo mi mirada y asintió.

—Prepáralo todo, pues. Mañana al amanecer partiremos. —Puso unas monedas en mi mano—. Cuando termines con la espada ve al mercado y compra provisiones para el viaje. Yo me ocuparé de que nos traigan los caballos.

Eso hice, y anduve el buen trecho que separaba la casa de don Diego del centro de la villa, sin dejar de pensar en las dos escenas que había vivido la noche anterior: una como actor, en los brazos de Inés, y otra como mero espectador. Las calles que de noche habían acompañado ambos encuentros furtivos se veían ahora bulliciosas, ajetreadas. Lucía un frío sol de invierno, de esos que tanto se agradecen, y caminé absorto en mis cavilaciones. De repente, antes de llegar a la plaza de Zocodover, un cortejo fúnebre me salió al paso: una letanía de clérigos y otras gentes escoltaba y transportaba al difunto en unas andas. Me aparté para dejarles paso, y vi que detrás le seguía la habitual fila de mujeres enlutadas. Entre ellas, la que parecía ser la viuda lanzaba unos gritos desgarradores que las demás no conseguían consolar.

—¿Por qué te has ido, marido mío? ¿Por qué me has dejado en este mundo lóbrego y oscuro, en este mundo donde nada tiene sentido sin ti? ¡Ojalá me hubieras llevado contigo!

Se alejaron y me santigüé, como solía hacerse para que el Señor te protegiera de seguir ese camino, pero las palabras de la viuda siguieron resonando en mi cabeza como un triste eco de campanas. La muerte y sus desvelos parecían perseguirme esos días: muertos que volvían a la vida; vivos, como esa viuda, que decían desear la muerte aunque fuera en momentos

De repente, antes de llegar a la plaza
de Zocodover, un cortejo fúnebre me salió al paso:
una letanía de clérigos y otras gentes escoltaba
y transportaba al difunto en unas andas.

de desesperación. ¿Por qué unos muertos regresaban del otro lado? ¿Dónde quedaban el cielo y el infierno? ¿Y quiénes éramos nosotros, un puñado de desarraigados, para enmendarle la plana al diablo si éste había decidido resucitar a sus criaturas...? ¿No era un asunto que concernía a esferas más altas, como el Santo Oficio? Envuelto en tan profundas dudas cumplí con mi cometido con desgana y volví a casa sin dejar de pensar que me faltaban aún muchas respuestas. Tomé la decisión de preguntar a don Diego, mejor esa misma noche por si acaso no sobrevivíamos a la aventura en aquel pueblo de condenados.

Sin embargo esa tarde me esperaba una sorpresa. Hasta el momento no habíamos recibido visita alguna, pero ese día don Diego regresó acompañado de otro caballero, a quien presentó como su buen amigo, Garcilaso de la Vega, recién llegado de tierras del sur. Se trataba de un joven caballero de poblada barba oscura y expresión inteligente, aunque levemente ensoñadora, vestido a la moda de la época. Ambos caballeros parecían tener muchas cosas que decirse, y mi amo, para librarse de mí, me mandó a casa de Brígida para dar recado de que él iría más tarde de lo previsto. Frágil excusa que me tomé como lo que era: un pretexto para quedarse a solas con el invitado, probablemente otro sodomita, me dije con cierto disgusto. Nada más lejos de la verdad, tal y como comprobaría más tarde, ya que pese a fingir que marchaba, me quedé acurrucado junto a la puerta del cuarto de mi amo, y allí atendí con los cincos sentidos la conversación que ambos mantuvieron. Tras intercambiar saludos y preguntas sobre conocidos comunes, mi señor fue directo al grano.

—Cuenta, amigo, ¿cómo van las cosas por el sur?

A través de la puerta oí el suspiro del invitado.

—Avanzamos con lentitud, pero avanzamos —sentenció éste—. Ya sabes, Diego, que en Sevilla se localizaba el principal foco de esta maldita peste, así que nos ha costado mucho erradicarla de sus camposantos. Por suerte, hemos podido actuar con bastante impunidad gracias a las generosas aportaciones realizadas por la Corona a la construcción de la catedral, pero aun así... ¡Hay momentos en que creo que luchamos contra el mismo demonio!

Se produjo un instante de silencio, y luego mi amo tomó de nuevo la palabra.

—Por mi parte, yo creía que teníamos la zona controlada: hemos revisado todos los cementerios donde existían sospechas de no muertos enterrados. Hemos prendido fuego a sus tumbas hasta que incluso los gusanos que los devoraban han perecido pasto de las llamas. Pero, tal y como temíamos, la peste se propaga en formas que hasta ahora nos eran desconocidas: hombres y mujeres, aparentemente sanos, llevan la muerte en su interior, y ésta se va apoderando de ellos poco a poco hasta teñirles la sangre de negro. Hemos exterminado a diez de ellos, pero ignoro cuántos más habrá por estas tierras... —La voz de mi señor se quebró y sus últimas palabras sonaron como un lamento desesperado y furioso—. Y seguimos sin haber encontrado al maldito sacerdote. Creí que estaba en Maqueda, pero no era él. Es la mayor de las amenazas con que nos enfrentamos.

Su amigo intentó tranquilizarlo, pero lo que dijo sirvió para helarme a mí la roja sangre que aún me quedaba.

—Sabemos que se trata de una guerra imposible, Diego. Lo que se nos pide es atajar el mal de raíz. —Bajó la voz, y tuve que pegarme aún más a la puerta para no perderme ni una palabra—. Nos ocuparemos de los cabos sueltos más adelante... Ahora lo primordial es que la gente deje de hablar de muertos que se levantan de sus tumbas.

—¡Pero eso de poco servirá si esos muertos se mezclan con los vivos! —protestó mi señor.

El tono del tal Garcilaso fue entonces más frío y cortante.

—Diego, está en juego lo que está en juego... ¿Qué es lo que quieres? ¿Que esos cuervos del Santo Oficio empiecen una caza por toda España? Conoces bien cómo van esas cosas: empezarán buscando no muertos y seguirán por cualquiera que se aparte un único renglón de sus credos. ¿Acaso no hay asesinos, ladrones, traidores y blasfemos? ¡Ese cura de Maqueda es un buen ejemplo de ello! ¡No podemos acabar con todo!

Oí que mi amo se levantaba de la silla y daba unos cuantos pasos.

—Claro que sé lo que está en juego —replicó con voz extrañamente serena, no exenta de ironía—. El cardenal Adriano me lo expuso con suma claridad:

diga lo que diga el rey Fernando, lo importante es que Carlos llegue al trono, seguir lucrándonos del «comercio» con ese nuevo continente, y sobre todo que nadie llegue a sospechar que la...

—¡Calla! —El grito de Garcilaso debió de ir acompañado de un salto, ya que oí el ruido de una silla que chocaba contra el suelo—. ¡Ni lo digas! Las cosas deben seguir como están... Lo contrario sería impensable, una catástrofe...

—Por eso quiero dar con ese maldito cura. Tú sabes lo que hizo para ganar poder, y sabes que, con la ayuda de la pobre reina o...

—¡Las paredes oyen, Diego!

Los pasos de uno de los dos, los de mi amo debo suponer, se dirigían hacia la puerta, así que no me quedó más remedio que incorporarme de un salto y correr a cumplir con su encargo.

Nos reunimos todos en casa de Brígida, incluido el amigo de don Diego, quien, además de caballero, resultó ser un aficionado a los versos que deleitó los oídos de las mujeres allí reunidas. No entendí nada de lo que decía, debo admitirlo, pero sus palabras tenían una cadencia que recordaba a las canciones y, a la luz de la lumbre, me dejé envolver por ellas con la mirada fija en el serio semblante de Inés. Cuanto más la veía, mayor era mi desconcierto. Aquella noche, mientras los hombres debatían sobre cómo atacar el pueblo, se mantuvo distante; no me dirigió la palabra ni una sola vez, ni tan siquiera se dignó mirarme. Hice cuanto pude por llamar su atención, pero todo fue en vano: era como si yo no existiera. Después de los poemas, Rómulo y Lucrecia (aunque quizá debería decir Lucrecia con Rómulo en brazos) se retiraron: él partiría con nosotros al amanecer. Brígida y Pedro, que como de costumbre había bebido más de la cuenta, no tardaron en seguir su ejemplo. Él se había mostrado muy alegre durante toda la velada: habríase dicho que esperaba recibir una herencia en lugar de prepararse para un combate. En cierto momento, movido por la curiosidad, le pregunté y me contestó en tono profético y entusiasta: «Algún día nuestros esfuerzos se verán recompensados. No lo dudes». Y apuró el vaso de vino de un solo trago. Dámaso, que siempre se mantenía apartado de todos, se había retirado ya hacía rato. En resumen, quedamos despiertos don Diego y su amigo; el joven y silencioso morisco, cuyos rasgos parecían cincelados sobre piedra oscura; María, Mateo el pelirrojo, Inés y yo mismo. Se suscitó entonces una discusión sobre el plan de las mujeres, que seguían empeñadas en «limpiar» el cementerio del pueblo de Arcos, tal y como María anunció en voz bien alta.

—Debo desaconsejaros que hagáis nada hasta que regresemos —decía don Diego—. Cada incursión se está volviendo más difícil: ya no hay que temer sólo a los muertos, sino a los vigilantes... Esta plaga de saqueos a camposantos está revolviendo los nervios de los lugareños.

—Bien nos libramos de ellos la última vez, ¿no es así? —insistió María.

—Cierto, pero bastante nos costó, ¡recuérdalo!

Garcilaso intervino, aunque midiendo muy bien sus palabras.

—Si lo hacéis, debéis ir con mucho cuidado. Cuando venía hacia aquí oí a unos hombres que hablaban de prácticas de brujería y de gente que usaba los restos de los difuntos para hechizos varios. ¡Si capturan a alguien le será impuesto un castigo ejemplar!

—¿Por qué no me quedo con ellas? —propuso Mateo, en tono guasón—. Puedo quedarme a las puertas del camposanto y entretener a cualquiera que se acerque.

María se rió.

—¡Tú lo que quieres es otro revolcón conmigo, pelirrojo del demonio! Nada entretiene más a los que rondan con palos que ver a una pareja divirtiéndose en un rincón... ¡Van hacia allí a mirar como corderitos hacia el tajo!

—¡Si no me dejas hacer nada! —protestó él—. ¡Tanto roce me pone aún peor!

—No se hizo la miel para la boca del asno —replicó ella riendo.

—Yo seré asno, puta, ¡pero tu panal lleva tiempo seco!

Ella fingió enfadarse y le arrojó un vaso de vino a la cara; el pelirrojo se relamió los labios en un gesto más grosero que enojado.

Don Diego se levantó. Noté que le incomodaban esas escenas, que tan distintas debían de ser de las que había vivido en la corte. Garcilaso, por su parte, parecía divertido, pero anunció que debía presentarse a su cita a primera hora y, tras despedirse de todos, partió hacia la posada donde debía pasar la noche. Entonces Inés, que había permanecido en silencio, abstraída, durante la velada, se levantó y fue hacia don Diego.

—Tened cuidado en ese pueblo —le susurró—, y no os preocupéis por nosotros. Cuando volváis habremos cumplido con nuestra parte y os esperaremos aquí.

Él le sonrió, y ella se puso la capa y salió a dar otro de sus acostumbrados paseos nocturnos. Se volvió antes de irse y, mirándome con aquellos intensos ojos de colores distintos, dijo:

—Y hoy quiero estar sola. ¿Está claro, Lázaro?

Sentí que las mejillas me ardían; las carcajadas del resto sólo contribuyeron a avivar ese fuego. Don Diego apoyó una mano sobre mi hombro, como haría un padre afectuoso. Vi que el morisco clavaba sus ojos negros en el fuego y habría jurado que en ellos brillaba la luz de los celos.

Esa noche, mientras intentaba dormirme, pensé en los vuelcos que había dado mi vida desde que dejé la casa de mi madre, hacía ya varios años. La ansiedad de la misión no me dejaba conciliar el sueño: el temor se mezclaba con la excitación, y pensé que era lo mismo que debían de sentir los soldados, una mezcla de miedo a la muerte y de ardiente vitalidad que ni siquiera la masturbación continua (mi mejor arma contra el insomnio) pudo mitigar.

14 de septiembre de 2009 / 4.20

Mientras el doctor Torres hacía un alto en su lectura e iniciaba una interesada búsqueda en Google con los siguientes términos —Lázaro, no muertos, Toledo, siglo XVI—, el enfermero Joaquín Arroyo realizaba la segunda ronda de la noche. Lo cierto era que, a pesar de los extraños acontecimientos sucedidos horas antes, la calma parecía haber regresado al pabellón. Una calma que él conocía bien: le encantaban esos paseos nocturnos que le permitían contemplar a los pacientes dormidos e indefensos. Y no era que los enfermos que ocupaban las camas del hospital de San Bartolomé fueran violentos durante el día, pero mientras dormían emanaba de ellos una paz especial. Sus cuerpos, frágiles y demacrados, dejaban bien claro cuál era el trastorno que les afectaba: aunque antes el hospital había funcionado como psiquiátrico general, hacía ya más de una década, desde la inauguración de otro centro más grande y moderno, que dedicaba sus esfuerzos a los problemas alimenticios. Anorexia, sobre todo, y bulimia. Las pacientes anoréxicas, adolescentes esqueléticas en su mayor parte, despertaban en Joaquín Arroyo fantasías de encierros y cadenas, de mazmorras y máscaras.*

Recorrió pues, como era su costumbre, los distintos cuartos, mientras abajo, en la garita, la guardia de seguridad, María del Pilar Gómez, dudaba entre si debía o no mandar un mensaje de texto a su último ligue, a pesar de la hora. Al fin y al cabo, el chico se levantaba a las cinco para iniciar su jornada en el mercado (lo había conocido allí, despachando carne, y no había parado hasta lograr que aquellas manos recias la magrearan entera como si fuera una pieza de solomillo) y podía ser que le hiciera ilusión recibir un mensaje de buenos días, aunque la mañana fuera para echarse a temblar, ya que seguía lloviendo a cántaros. O quizá no. María del Pilar ya sabía que ciertos tipos odiaban esos detalles, pero la verdad era que ella no podía evitarlos. Así que lo mandó.**

Aguardó impaciente una respuesta con una sonrisa en los labios, que fue convirtiéndose poco a poco en un rictus de decepción. Rictus que permanecía en su rostro aproximadamente veinte minutos después, cuando alguien le asestó un certero golpe en la nuca que puso fin a su vida en sólo unos segundos.

---

* Según consta en el blog que escribía desde el ordenador de su casa, *El carcelero*.
** El mensaje fue enviado al número de móvil de Rubén Moliner a las 4.25 de la madrugada del 14 de septiembre, y borrado a las 4.26 de ese mismo móvil.

Ajeno a todo, el doctor Torres terminó su búsqueda en internet sin resultados satisfactorios. Se masajeó las sienes, como tenía por costumbre cuando se sentía fatigado, y prosiguió con la lectura, quedando absorto de nuevo en aquel mundo, remoto pero aterrador, que surgía del interior de aquellas páginas encontradas entre las cosas de un paciente desaparecido al que, poco a poco, sentía que iba conociendo mejor.

TRATADO CUARTO

*Cómo Lázaro se enfrentó a los no muertos
y vivió para contarlo*

Partimos al amanecer, cuando aún era de noche, como una cuadrilla de bandoleros. Don Diego encabezaba la marcha conmigo al lado, y el resto de los hombres nos seguía. Por un instante temí que los justicias nos detuvieran a la salida de Toledo, cuando nos cruzamos con ellos, pero tras una breve conversación privada con mi amo, durante la cual él les mostró una nota que el justicia que estaba al mando fingió leer, nos dejaron vía libre. El campo castellano se extendía ante nosotros y la aprensión que me había acompañado desde que supe que regresaríamos a aquel pueblo maldito se apoderó de mi cuerpo por completo, empezando por las tripas, que parecían cordeles enredados de los que alguien tiraba con fuerza. Rómulo debió de notármelo en la cara, porque se empeñó en darme conversación. La idea funcionó, al menos en parte, y cuando comprobé que los demás nos habían adelantado, decidí preguntarle por qué se había unido al grupo. No dejaba de preguntarme cuál era la razón que había agrupado a ese hatajo de putas y desarrapados en torno a un caballero y a una extraña joven con un hermano arisco y elegante.

—No sé si te conviene saber la verdad —me respondió sin mirarme, con los ojos fijos en el camino polvoriento—. Nos hemos encontrado, eso es todo.

—Ayer escuché una conversación entre don Diego y su amigo —insistí, dispuesto a enfocar la cuestión desde otro ángulo—. Hablaron del Nuevo Mundo, ése tan lleno de oro y de riquezas...

Rómulo soltó un bufido. Me miró con cara de pocos amigos.

—Si ya lo sabes todo, ¿para qué preguntas?

—¡No lo sé todo! —protesté—. Y creo que tengo derecho... Al fin y al cabo, fui yo quien os habló de ese pueblo.

—No soy yo quien debería contártelo —dijo, tras una breve pausa—. Pero en fin... Por lo que nos ha explicado don Diego, el primer enfermo de esta condenada peste fue un marinero que regresaba de ese gran continente, hace ya varios años. Murió poco después de llegar al puerto de Sevilla, y fue enterrado allí. Dos noches después, su mejor amigo, otro marino que había viajado con él y le había acompañado en sus últimos momentos, afirmó haberle visto rondando por las calles de la ciudad. Teniendo en cuenta que dicho marino había vaciado todos los barriles de vino de las tabernas, nadie le hizo mucho caso. Insistió, con la tenacidad de los embriagados, y los demás desecharon sus protestas como suele hacerse con los cuentos de viejas y de borrachos. Una noche, varias semanas

Por lo que nos ha explicado don Diego,
el primer enfermo de esta condenada peste fue
un marinero que regresaba de ese gran continente,
hace ya varios años.
Murió poco después de llegar al puerto
de Sevilla, y fue enterrado allí.

después, encontraron al segundo marino flotando en las aguas del Guadalquivir. La explicación más lógica era que, borracho como una cuba, había caído del puente y se había ahogado. A pesar de todo, empezó a circular el rumor por las tabernas del puerto de que un marinero fantasma acosaba a quienes deambulaban por los muelles a altas horas de la noche... Ya sabes cómo son los hombres de mar: supersticiosos y crédulos, a pesar de su rudo aspecto. En cualquier caso, la historia acabó aquí...; hasta que otro de los barcos, lleno de aventureros que habían ido a hacer fortuna al otro lado del océano, arribó a Cádiz con dos enfermos más. Uno de ellos regresó a su casa, en Salamanca, y murió poco después. Su esposa fue la siguiente en dar la voz de alarma: una noche irrumpió en la iglesia, medio en cueros y a gritos, pidiendo asilo. Según ella, su marido muerto se había colado entre sus sábanas aquella misma noche, reclamando su derecho conyugal. El sacerdote la atendió, convencido de que la mujer había perdido la chaveta, pero llevado por un impulso se acercó al cementerio y comprobó que la tumba del marido estaba profanada.

—Pero —interrumpí, pensando en la dama del hijo muerto que había interpelado al ciego años atrás— ¿los muertos regresan a ver a sus familiares? ¿No los atacan?

—El problema es que al principio nadie los creyó: ni al marinero borracho, ni a la esposa destrozada, ni al sacerdote curioso. O no los creyeron, o prefirieron no hacerlo. ¿Sabes cuántas riquezas obtiene la Corona de esas lejanas tierras? ¿Quién estaría dispuesto a ir si corría la voz de estos sucesos? No, lo mejor era echar tierra encima: quemar los cadáveres, sellar con cal las tumbas... y a otra cosa. Hasta que las historias de muertos resucitados se hicieron tan frecuentes que el rey Fernando decidió enviar a varios de sus hombres de confianza a distintos rincones de la península. Éstos debían actuar con discreción, formar una cuadrilla que no despertara sospechas y encargarse de matar a los muertos que se resistieran a dormir eternamente...

Azuzamos a los caballos, ya que con la conversación nos habíamos retrasado más de lo aconsejable y apenas se distinguía el grupo delante de nosotros. Cuando vi las monturas de Pedro y de Mateo aminoré el ritmo y seguí preguntando.

—¿Y cómo acabaste tú metido en esto?

—Sabía que querrías saberlo. —Me sonrió—. La esposa del marino era mi hermana. Se ahorcó pocos días después de la noche en que fue a la iglesia, despavorida. Cuando don Diego acudió a investigar el hecho, me encontró a mí en su casa... Los otros pueden contarte historias parecidas: uno de los enfermos murió mientras fornicaba con una ramera en la casa de Brígida. Ya puedes imaginarte el resto... Otros, como el pelirrojo, son simples mercenarios: matan a quien haga falta si se les paga bien, ¡hasta a los muertos!

Yo ardía en deseos de preguntar por Inés, pero no me atreví.

—Sé lo que quieres saber, Lázaro. —Rómulo se detuvo en ese momento, lo que me obligó a hacerlo a mí también—. Olvídala. Apártate de ella. Ya te lo dije: no es para ti. Ella y su hermano son distintos...

Iba a replicarle que hablara de una vez por todas y se dejara de tanto misterio, pero un grito de Pedro me obligó a desistir. Don Diego me reclamaba a su lado para que les indicara el camino. A mi pesar, tuve que dejar a Rómulo atrás.

Tuvimos que hacer noche en una posada, en la que éramos los únicos huéspedes. El posadero, un tipo taciturno y muy metido en carnes con una esposa casi tan ancha como él, nos observó con suspicacia, pero al ver la bolsa de monedas con que don Diego pagó por adelantado no hizo preguntas y mandó a un mozo a que se ocupara de los caballos. La cena transcurrió sin novedad, y nos retiramos a los cuartos sin hablar demasiado. Llevábamos un día duro, y nos quedaba cuando menos otro más hasta llegar al río. Esa noche sí me dormí, aunque no de manera tranquila. Compartía cuarto con Rómulo y sus ronquidos, y con el morisco, que seguía sin abrir boca, como si no comprendiera ni una palabra de lo que se decía a su alrededor. A medianoche, sin embargo, oí que este último abandonaba de puntillas la estancia. Rómulo gruñía como un oso, y yo fingí hacerlo. Tardó poco en volver, o eso me pareció. La luna entraba a raudales por la ventana e iluminó su cara: se veía en ella una expresión que yo reconocí. Decepción, ira, ardor contenido. La misma que debí de poner yo la noche en que besé a Inés.

Los ánimos se fueron ensombreciendo a medida que nos acercábamos a nuestro destino. Hablo en general, pero supongo que eran sobre todo los míos. De todos modos, el resto también parecía callado: ni siquiera Pedro y Mateo estaban de humor para bromas. Al final del segundo día llegamos a orillas del río: nuestro destino quedaba justo al otro lado. Anochecía, y una leve bruma salía del agua. Jirones blancos como miembros de fantasmas. Me estremecí.

—No cruzaremos el río a nado, supongo —quiso saber el pelirrojo.

—Tiene que haber un paso, un puente o algo parecido —dijo don Diego.

—Yo no lo vi, señor —dije enseguida. La idea de sumergirme otra vez en esas frías aguas me horrorizaba.

—Echaremos un vistazo antes de que se haga de noche. Lázaro, Miguel, encargaos de preparar un buen fuego. Rómulo, atiende a los caballos. Pedro y Mateo, venid conmigo: exploraremos los alrededores.

Se fueron a buen paso, y el morisco y yo empezamos a recoger ramas en el más absoluto silencio. Conseguimos reunir las necesarias para que aquello ardiera y una vez tuvimos la hoguera encendida nos sentamos uno frente a otro. Como nos habían dejado las provisiones, decidí echar un trago de vino y le pasé la botella, que rechazó.

—¿No quieres? —pregunté, con ganas de oírle la voz.

Meneó la cabeza y se quedó embobado, con los ojos negros puestos en las llamas. Yo seguí bebiendo: el sabor del vino me recordó al ciego, al jarrazo y a la primera vez que vi a Inés.

—¿Hace mucho que estás con ellos? —pregunté, decidido a romper aquella barrera hostil—. ¡Eh, te estoy hablando! —añadí al ver que hacía caso omiso a mi pregunta.

Por fin me miró y afirmó con la cabeza.

—Hace tiempo, sí. ¿Te importa mucho?

—La verdad —repliqué, alentado por el vino, que suelta lenguas y desata pendencias— es que me importa una higa. Eso, y tu amistad con mi señor también, entérate. Pero no me chupo el dedo y sé lo que hay. Así que quiero que me contestes a un par de preguntas, y no son sobre ti.

Me atravesó con la mirada y esbozó una sonrisa torcida.

—Quieres que te hable de Inés —susurró—. ¿De verdad no sabes lo que son ella y su hermano? ¿No has visto cómo huyen del sol, no te dan que pensar sus salidas nocturnas? Son como murciélagos... Seres de la noche. Cuando esto acabe desaparecerán y no volverás a verlos.

Me ofendió. Supongo que era su intención.

—Ya. Creo que eso mismo puede decirse de don Diego... Cuando esto acabe, volverá a la corte. No creo que en ella vivan muchos moriscos.

No lo vi venir: de un salto cruzó el fuego, como un felino, y cayó sobre mí. Tenía un cuchillo en la mano y noté el frío del acero acariciándome la garganta.

—Vuelve a repetir lo que has dicho antes y una mañana te encontrarán con el cuello rajado en dos.

Se incorporó. Me miraba con frialdad y creí en su amenaza a pies juntillas. Del ciego había aprendido que el miedo es el principio de la derrota, así que no lo dudé. Con toda la fuerza que me daban el vino y la mala leche le propiné una patada en la entrepierna que lo dobló y le arrancó un aullido de dolor. Aproveché que caía de rodillas para agarrar una rama encendida y se la acerqué a la cara.

—Amenázame otra vez y te ensartaré en ella como si fueras un cerdo. ¿Está claro?

Lo empujé y cayó como un saco, con la mano en los cojones. Me sentí tentado de darle otra patada, pero me contuve. Me miró desde el suelo, y, para mi sorpresa, se rió.

—Eres más duro de lo que creía —dijo. Algo en su tono había cambiado, así que le tendí la mano para ayudarle a ponerse en pie. La aceptó; temí que aprovechara el gesto para derribarme pero no lo hizo. Se incorporó soltando un suspiro y volvió, despacio, al lugar donde se hallaba sentado antes. Me miró entre las llamas y volvió a sumirse en su mutismo, aunque, por raro que parezca, tuve la impresión de que al final éramos más amigos de lo que habíamos sido antes de la pelea.

Los demás regresaron poco después, animados porque habían encontrado un puente que vadeaba el río. Después de la cena, don Diego aprovechó que estábamos todos alrededor del fuego para tomar la palabra. Había algo en su voz que invitaba a la confianza y al respeto. Yo lo sabía bien, y entonces tuve ocasión de constatarlo una vez más.

Las indicaciones eran claras: al amanecer cruzaríamos a pie el puente, para no levantar sospechas, y nos acercaríamos al pueblo. La idea era llegar a la misma hora en que debimos de hacerlo el ciego y yo, para encontrarlos a todos en la iglesia. Era mejor luchar contra ellos si al menos estaban juntos en un lugar, eso era obvio. Una vez dicho esto, bajó la voz, y tuve que esforzarme para oírlo.

—No olvidéis que ya están muertos. Por lo que nos contó Lázaro, todos parecían iguales: hombres, mujeres y niños. No los estamos asesinando, simplemente los devolvemos a sus tumbas para que descansen en paz de una vez por todas. Será duro, pero hay que hacerlo, ¿estamos de acuerdo?

Nadie dijo lo contrario.

—Al parecer el cura es quien manda. Tendremos que tener especial cuidado con él.

—¡Para variar! —replicó Pedro, y su boca sin dientes se abrió en una mueca.

—Es cierto —añadió don Diego—. Su trabajo les aproxima al reino de los muertos. Nos turnaremos para montar guardia esta noche. No quiero sorpresas. Si quien está de guardia oye algún ruido extraño, que dé la voz de alarma enseguida. No sabemos cómo se las gastan esos... seres. Que Dios nos acompañe.

Tal vez fuera el vino, tal vez la emoción de la batalla que se avecinaba, tal vez simple cansancio, pero lo cierto es que caí rendido poco después, ajeno a los rumores del bosque y a los ronquidos de mis compañeros. Soñé con Inés, con sus ojos de dos colores y con las palabras de Miguel. En mi sueño la seguía por los callejones de Toledo, incansable, manteniendo la distancia para no ser descubierto. La densa niebla me ayudaba a esconderme, pero a la vez también la ayudaba a ella a desaparecer. Inés caminaba decidida, como quien avanza con un propósito claro. Yo sólo veía su espalda a ratos, intuía sus formas delgadas bajo la gran capa que la cubría. De repente la perdí: me dije que habría entrado en uno de los portalones de aquella calleja oscura y, muy despacio, fui asomando la cabeza por todos. Ni rastro... Pero la sensación de urgencia, de peligro, se acrecentaba en cada puerta. Sentía un nudo en el estómago, como quien sabe que va a descubrir algo aterrador pero no puede evitar seguir buscando. De repente, cuando salía de otro portal vacío a la calle brumosa, una mano se apoyó en mi hombro. Di un salto, pero la mano seguía sacudiéndome, y una voz repetía mi nombre. Tardé unos segundos en comprobar que sueño y realidad se habían fundido, y que era don Diego quien me llamaba, agachado a mi lado.

—¡Lázaro! ¡Lázaro!

Me incorporé de un salto. Por un instante no supe dónde estaba ni por qué me sacaban de ese sueño con tanta brusquedad. Parpadeé y comprendí.

—Tu turno, Lázaro —susurró mi amo—. Hasta ahora todo ha estado tranquilo. Voy a descansar un rato.

Asentí y me aposté donde nos había indicado don Diego. Aticé el fuego, que ya se extinguía. Envuelto en una manta, contemplé a los demás, dormidos. Luego clavé la vista en el río, que en ese momento se me apareció como la línea que separaba la vida de la muerte, la cordura de lo insano, lo normal de lo terrorífico. ¿Qué estarían haciendo esos seres al otro lado? ¿Dormir, como nosotros? Me estremecí y estreché la manta con más fuerza contra mi cuerpo. Entonces, solo durante un instante, distinguí el destello. Una luz intensa y fugaz había brillado desde la orilla opuesta, a unos treinta pies a mi izquierda. No me cabía duda. Pero el resplandor se apagó y no volvió a encenderse. Los caballos estaban inquietos. Me levanté; abrigado con la manta, caminé en línea recta, siguiendo el cauce del río. Me alejé sólo unos pasos, pero de repente una niebla, idéntica a la de mi sueño, se elevó del río y me envolvió por completo.

Iba a dar la vuelta, cuando, a través de la densa bruma, la luz brilló de nuevo. Abrí la boca para dar la voz de aviso, pero una mano gélida, salida de la nada, me lo impidió. Noté un aliento frío en mi oído y otra mano en la garganta, oprimiéndola. Forcejeé, pero fue en vano: sólo conseguí que la manta que me cubría cayera al suelo. La garra seguía apretando sin compasión. Agité los brazos, boqueé; los pies se me elevaron del suelo. Quienquiera que fuese me sostenía en el aire, agarrado por la garganta como si fuera un cachorro rabioso. Empecé a cerrar los ojos. Ni siquiera me quedaban fuerzas para dar patadas. Y entonces caí al suelo. La mano me había soltado, y medio inconsciente distinguí rumores de lucha. La niebla se disipó unos instantes, lo bastante para ver a mi atacante ensartado por una lanza, que le había atravesado por la espalda y asomaba por el pecho, y a Miguel, el morisco, en pie a su lado. Tosí, intenté llenar los pulmones, pero sólo conseguí vomitar. Algo saltó sobre Miguel y lo derribó. Éste gritó, fue un gemido sordo. Ambos, él y su atacante, rodaron por la tierra. Seguí el ruido, ya que apenas podía verlos. Distinguí un bulto justo en la orilla del río y hacia allí me arrastré. Cuando llegué, aquel monstruo estaba hundiendo la cara del morisco en el agua. Cogí una gran piedra y la descargué con todas mis fuerzas contra el enemigo. Su cabeza se quebró y cayó al agua, sobre Miguel, quien consiguió zafarse de él y levantarse. Entonces vimos al resto: iban hacia nosotros. Sus movimientos eran torpes. Gritamos, despavoridos, para despertar al resto. Sus gritos de respuesta nos indicaron la dirección a seguir. Los encontramos en pie, espadas y lanzas en mano, mirándonos con expresión asustada. Si aquellos seres nos atacaban estábamos perdidos. Nuestra única opción era mantenernos juntos y defendernos en bloque.

—¡Coged ramas y encendedlas en la hoguera! —gritó don Diego.

Eso hicimos, y con las maderas en llamas formamos un círculo. Tensos, aguardamos a que se produjera el asalto. La niebla se hizo más espesa. Sólo conseguíamos oír rumores sordos. Creí que alguien se acercaba y sacudí el tronco encendido. Un gruñido confirmó mis sospechas.

—¡Cuidado! ¡Se acercan! —grité.

No tuve ni tiempo de bajar la rama: algo me empujó y me derribó de espaldas. Ése fue el principio del ataque.

A partir de ese momento mis recuerdos se confunden. Sé que peleé con el brío de un gato montés. Ni siquiera sabía contra quién luchaba. Tuve la sensación de que caían sobre nosotros como una plaga de animales. Incansables, feroces, asesinos. La niebla, aliada con ellos, nos dejaba más indefensos si cabe. No sabía cuántos eran, ni cuántos de mis compañeros seguían vivos. Oía imprecaciones, gritos, insultos... y vi al pelirrojo que, espada en mano, repartía mandobles con la destreza de un soldado experto. Comprendí entonces que aquellos seres nos habían atacado sin más armas que sus manos y su fuerza bruta, y eso me infundió esperanza. La sangre me hervía, a pesar del frío y del miedo, y conseguí hacerme con una lanza que había caído al suelo a mi lado. Armado con ella acudí a cubrir a don Diego, pero antes de llegar hasta él oí un grito de dolor.

Me volví a tiempo para ver a Pedro, a quien dos de aquellos seres habían atacado por la espalda. Fui en su ayuda. La lanza partió los huesos de uno. Era como si esos huesos ya estuvieran secos, porque no costaba nada atravesar sus cuerpos. El otro seguía sobre Pedro, mordiéndole en el estómago. Lo aparté de una patada y Rómulo, que también había acudido a los gritos del pobre Pedro, prendió fuego al cuerpo del atacante caído con un tronco encendido. Éste ardió como si fuera de papel, fundiéndose en apenas unos instantes. Ayudé a Pedro a levantarse, y

A partir de ese momento mis recuerdos se confunden. Sé que peleé con el brío de un gato montés. Ni siquiera sabía contra quién luchaba.

Tuve la sensación de que caían sobre nosotros como una plaga de animales.

él me lo agradeció con una sonrisa que era más bien una mueca de dolor. Con la mano apoyada en el vientre, me animó a dejarle solo y seguir luchando. Me volví hacia el resto. No había ni rastro de Miguel, pero don Diego y Mateo seguían batallando contra aquellos seres. Yo sentía la necesidad de matar. No sabría explicarlo: ya no luchaba por salvar la vida, ni por ayudar a mis amigos, ni por librar al país de aquella horda de monstruos. Lo hacía por el placer de verlos caer, de pisotearlos como arbustos secos, de reventar sus cuerpos podridos.

No podría decir cuánto duró. Sé que el amanecer nos descubrió exhaustos, rodeados de enemigos caídos. Vi a don Diego en pie frente al río, con la mirada perdida en el pueblo que, a lo lejos, parecía dormido.

—Pedro está herido, señor —le dije, acercándome—. Los demás estamos sanos y salvos...

Asintió con la cabeza.

—Tenemos que ir a ese pueblo y acabar con esto —dijo con firmeza—. Cuanto antes. —Se volvió hacia los restos de la hoguera—. ¿Y Miguel?

—Aquí —gritó una voz. Ambos vimos al morisco, que se acercaba cubierto de sangre negra pero al parecer ileso—. ¡Menuda matanza!

Apilamos los cadáveres. A la luz del día no parecían tantos, quizá una docena, aunque resultaba difícil saberlo, ya que todos estaban desmembrados. Buscamos un claro y les prendimos fuego. Una columna de humo negro y acre se elevó en el aire. Doloridos, agotados, emprendimos el camino hacia el puente. De nada habían servido las protestas de Pedro: don Diego le había ordenado quedarse atrás en aquel tono suyo que no admitía réplica. El resto avanzamos en dirección al pueblo. Intuí que mi amo sospechaba algo. No abrió la boca, pero su expresión era la de un derrotado a pesar de que, por el momento, no podíamos quejarnos. Habíamos acabado con unos cuantos de aquellos seres, habíamos sobrevivido... Algo en su ceño indicaba que no estaba satisfecho. Enseguida comprendí por qué.

El pueblo estaba desierto. Casas vacías, calles vacías, nuestras pisadas levantaban ecos sin respuesta. La iglesia, a la que me acerqué con cautela, era ahora un lugar inofensivo. El Cristo, colgado sobre el altar, posaba su triste mirada en un templo sin fieles.

—Han huido —afirmó mi amo—. Nos han entretenido al otro lado para poder escapar. ¡Dios sabe dónde estarán ahora!

—¡No pueden haber ido muy lejos! —protestó Mateo.

—¿No? ¿Eso crees? —Don Diego le miró, desafiante—. No creo que sigan todos juntos... Se habrán separado, tomado distintos caminos... ¿Cómo vas a reconocerlos?

—Tenemos que volver —intervino Rómulo de repente. Había estado extrañamente callado durante toda la mañana—. Algo malo ha pasado en casa... Lo sé.

Cuando lo miré tenía los ojos arrugados llenos de lágrimas.

—Tenemos que volver —intervino Rómulo de repente. Había estado extrañamente callado durante toda la mañana—. Algo malo ha pasado en casa... Lo sé.

—Lo noto aquí dentro —añadió, al tiempo que posaba una mano en el corazón—. Lucrecia no está bien...

Mateo contestó con un suspiro de desdén.

—Volveremos —dijo—, pero antes pienso hacer que arda este maldito pueblo. ¡Y nadie va a impedírmelo!

—¡No servirá de nada! —replicó don Diego.

Algo salió de una de las casas al oír la mención del fuego. Todos nos volvimos con las armas en alto. Atónito, comprobé que era la misma niña que me había ayudado a escapar meses atrás. En silencio, señaló hacia la iglesia.

Mateo se dirigió hacia ella dispuesto a atacarla; lo detuve con firmeza.

—¡No! ¡No es una de ellos, lo sé!

Me miró con la duda dibujada en su hosco semblante.

Don Diego se llevó un dedo a los labios. Con un gesto ordenó a Rómulo que vigilara a la niña y a los demás que le siguiéramos. Obedecimos. Entramos de nuevo en la fría iglesia desierta. Nos miramos, perplejos. Recorrimos el pequeño templo, caminamos hacia el altar como cuatro fieles armados. Recordé el momento en que aquel cura siniestro había intentado introducirme en la boca aquella hostia macabra. Don Diego se había agachado y palpaba el suelo; de repente un sonido hueco llegó hasta nosotros. Retiró con cuidado una de las baldosas, y la contigua. Desde donde yo estaba pude ver que en el suelo había algo parecido a una trampilla.

—Que Dios nos ayude —murmuró, y levantó la pesada madera.

Miguel se acercó a él con un cirio encendido en la mano. Con suma cautela, don Diego asomó la cabeza por el agujero a la luz de la llama que sostenía el morisco. Sin decir nada más, y desoyendo nuestras advertencias, se dejó caer en el hueco y extendió el brazo para recibir el cirio.

—Aquí abajo hay un pasadizo —gritó.

Nos apresuramos a seguirle. Uno tras otro, los tres descendimos de un salto. Yo fui el último y antes de hacerlo entregué otro cirio encendido a Mateo, que me había precedido. Nos hallábamos en un angosto pasillo que cruzaba la iglesia por debajo. Nada se oía.

—¡Esto puede ser una trampa de esa maldita cría! —protestó Mateo, antes de darme de nuevo el cirio.

Pero don Diego no le hizo caso y siguió adelante. Abría la marcha, seguido por el morisco y el pelirrojo; yo caminaba el último. La tenue llama alumbraba apenas unos metros. Me dije que nos estábamos metiendo en la boca del lobo, pero nada ni nadie me habrían hecho dar media vuelta. El pasadizo proseguía en línea recta. A medida que nos adentrábamos, la oscuridad era mayor; el techo, más bajo; el camino, más estrecho. Noté que todos conteníamos la respiración. Entonces el pasillo comenzó a descender; nos dimos cuenta tarde, al menos Mateo, que resbaló. Con una imprecación, cayó hacia delante, empujando con él a Miguel y a don Diego, que encabezaba la marcha. Los vi deslizarse hacia el fondo, caer como bultos rodando, y, sin saber qué hacer, me quedé quieto.

—¿Estáis bien? —murmuré. No sé por qué, pero tenía miedo a gritar.

—Más o menos... —me respondió don Diego—. Baja, rápido, necesitamos luz.

Descendí con cuidado y di un salto para cubrir el tramo final. La llama tembló, pero resistió encendida. La levanté en el aire. Estábamos en una zona más ancha, casi rectangular, húmeda y maloliente. Comprendí al instante que nos hallábamos justo debajo del cementerio.

—Bienvenidos.

La voz nos sobresaltó a todos. Don Diego sacó la espada y dio un paso al frente.

Una silueta emergió del fondo.

—Creo que estáis entrando en unos dominios que nos pertenecen.

Lo reconocí. Llevaba una vela encendida que iluminaba su rostro: era el mismo cura que había presenciado impasible la muerte del ciego.

—No sigas.

Vi entonces que don Diego se detenía. A ambos lados del sacerdote fueron apareciendo varias figuras, impasibles, cabizbajas.

—Creo que es mejor que os marchéis. —Su tono era amable, con un deje de ironía—. Dejadnos descansar en paz.

—Eso es lo que pretendemos —replicó don Diego—. Sois vosotros los que...

El cura hizo un gesto. Sus acompañantes dieron

un paso al frente. Pude ver sus rostros: macilentos, lívidos, muertos.

—¿Qué quieres que hagan? Ellos no pidieron morir en vida, ellos no pidieron ser lo que son.

—¿Buscas nuestra compasión?

El cura se rió.

—¿Compasión? Creo que sois los vivos quienes tenéis que rogarla... ¿Crees que les asusta algo? ¿La muerte, quizá...?

Hizo una pausa.

—No queréis ver la verdad: no son unos malditos, sino los elegidos. Cristo resucitó, fue el primero, y ahora nos ha escogido a nosotros. Debéis plegaros a Su voluntad.

—¡Esto no es cosa de Dios sino del diablo!

—¿Qué más da cómo lo llames? Tal vez los dos sean uno. Hemos creído hasta ahora en los opuestos: ricos, pobres; Dios, diablo; cielo, infierno; muertos y vivos... Las cosas no son tan sencillas.

—¡Maldito seas! Convenciste a la reina...

—La aconsejé. Fui su confesor en sus momentos más duros, cuando su amado Felipe murió de repente... Tan joven, una tragedia tan imprevista... ¡No era justo para la pobre reina Juana! La llamáis loca, pero ella sabe lo que vio: sabe que su marido no estaba muerto. Que era uno de nosotros... Ella nos comprende.

—¡Maldito seas!

Don Diego no pudo contenerse y su espada atravesó el cuello del ser que se hallaba a la derecha del sacerdote. Los demás respondieron al ataque avanzando hacia nosotros. Supe que sólo teníamos una posibilidad: huir.

Di media vuelta y traté de subir por aquel resbaladizo terreno; me volví a tiempo de ver cómo aquellos seres dejaban atrás al sacerdote y se echaban sobre mis compañeros. Don Diego forcejeaba con uno de ellos, pero Miguel acudió en su ayuda: su espada rebanó el cuello del no muerto con precisión.

Oí entonces el grito ahogado del pelirrojo, que se debatía debajo de cuatro de aquellos monstruos. El ruido de mordiscos llenó la caverna. Como perros hambrientos, todos se lanzaron contra la presa. Les podía el hambre, y un hombre caído era mejor para ellos que tres en pie. Fue el horrendo gemido de Mateo lo que me impulsó hacia arriba; gateando, llegué al pasadizo sin pensar si los otros dos me seguían. Lo hicieron, sin embargo. No teníamos luz alguna, salvo la que entraba por el hueco del fondo desde la iglesia, y hacia ella dirigimos nuestros pasos. Cubierto de tierra, aterrado, llegué hasta la trampilla. Me di cuenta de que subir iba a ser difícil: no había donde agarrarse. La salida estaba cerca y a la vez era inalcanzable.

—¡Súbete a mis hombros! —gritó don Diego.

Oí su voz al tiempo que llegaban hasta mí los pasos de nuestros perseguidores que avanzaban por el pasadizo.

Recé para que tuviéramos tiempo de escapar antes de que llegaran. Mi amo se agachó, y me encaramé a sus hombros. Se puso en pie y mis manos agarraron el borde del agujero. Un impulso más y estaría fuera.

—¡Se acercan! —gritó Miguel—. ¡Malditos sean! Puedo oírlos...

Me quedé con las piernas colgando y medio cuerpo fuera mientras, con un último esfuerzo, conseguí izarme y salir de aquella trampa subterránea. Tenía que pensar en algo, o mis compañeros morirían. Con una inspiración súbita recordé las repugnantes hostias que el sacerdote había repartido la primera vez que estuve en esa iglesia; aquellos seres se habían lanzado sobre ellas como si fueran aire. Corrí hacia el altar: reposaban en un cuenco. Temblaban, como si algo vivo latiera en ellas. Venciendo las náuseas volví hacia el agujero.

—¡Lanzadles esto! ¡Los entretendrá!

Estiré el brazo con el cuenco y Miguel lo agarró de un salto.

—¿Qué demonios es?

—¡Tíraselo!

Lo hizo. Oí cómo el cuenco se estrellaba contra el suelo, y luego lo que desde arriba parecía una pelea de perros rabiosos. El hedor que despedían había atraído la atención de aquellos monstruos. El morisco se encaramó al borde con un salto prodigioso; lo ayudé a salir. Miguel tendió el brazo y, con toda la fuerza de su joven cuerpo, izó a don Diego mientras, abajo, los no muertos peleaban entre sí por aquella extraña comida.

Cerramos la trampilla sin pensarlo dos veces. La madera al caer sepultó el ruido de aquella pavorosa jauría.

Tendido en el suelo, intenté recobrar el aliento.

Me dolía todo el cuerpo. Pero don Diego no nos dejó tiempo para recuperarnos.

—¡Poned las baldosas! Tiene que haber otra salida, al otro lado del cementerio, en alguna de las tumbas. ¡No podemos dejar que salgan por allí! ¡Corred!

Y corrimos. Como alma que lleva el diablo seguí a los otros dos, que cruzaban la iglesia en dirección al camposanto. Teníamos un único y común objetivo: sellar la otra puerta, enterrar a aquellos muertos de una vez por todas en el fondo de la tierra. Rómulo y la niña seguían en la calle y hacia ellos corrió mi amo. Se arrodilló frente a la cría y preguntó, con voz tensa:

—¿Por dónde salen? Dímelo.

Ella titubeó unos instantes, pero algo en los ojos de mi amo la llevó a confiar en él. Lo cogió de la mano y juntos entraron en el cementerio, sortearon las tumbas y se dirigieron hacia una de ellas, situada en uno de los rincones más alejados. A su alrededor la tierra aparecía removida.

—Traed tablones, piedras, lo que sea... ¡Hay que sepultar a estos muertos de una vez por todas!

Nos apresuramos a hacer lo que decía. Poco rato después la tumba estaba firmemente atrancada. Empezamos a oír el ruido: los brazos que empujaban, desesperados, el suelo que temblaba. La niña nos miraba con los ojos llenos de lágrimas, pero no hizo el menor gesto para ayudar a quienes debían de haber estado a su lado hasta ese momento. Pensé que ahí abajo tal vez yaciera su familia... ¿Cómo podía haberse mantenido inmune a aquella peste? Advertí que don Diego pensaba lo mismo. Resistimos un rato más; mi amo quería asegurarse de que ni uno solo emergía de aquel abismo. Los golpes fueron haciéndose más débiles, el latido que parecía agitar la tierra del camposanto remitía. Horas después, cuando las sombras se habían apoderado ya del paisaje, el silencio era absoluto.

—Él ha salido —dijo la niña.

—Nadie ha podido salir —repliqué—. No nos hemos movido.

Ella meneó la cabeza; su cuerpo se tensó al tiempo que una fría corriente de aire levantaba el polvo. Luego se desmayó.

Cuando volvíamos a cruzar el puente, me detuve un momento y miré a mi espalda. Habíamos cumplido el último deseo que expresó el pelirrojo y de lo que había sido un pueblo sólo quedaba una nube de cenizas y un montón de escombros. Regresamos a galope tendido, deteniéndonos lo imprescindible para comer y descansar cuando nos faltaban las fuerzas. Rómulo sólo repetía que algo había pasado, que Lucrecia no estaba bien. Los demás no le hacían mucho caso, pero yo me fiaba de sus presentimientos. Y don Diego, aunque no intervenía, también parecía apesadumbrado. Llevaba a la niña con él y creo que intuí qué le pasaba: si lo que había dicho ella era cierto, aquel cura, que parecía ser la presa principal de mi amo, había huido por aquella puerta antes de que llegáramos, mientras sus secuaces de ultratumba nos perseguían por el pasadizo. Pedro también estaba taciturno, aunque su herida parecía haber mejorado, y en conjunto éramos un grupo mucho menos animoso que el que había partido hacía sólo dos días y medio. Llegamos a Toledo de noche y nos plantamos en casa de Brígida.

Nos miramos perplejos y preocupados. Allí no había nadie.

—Os lo dije —gritó Rómulo—. Os advertí que pasaba algo.

—Vayamos a mi casa —dijo don Diego—. Si tus presentimientos son ciertos y algo ha sucedido, se habrán refugiado allí.

Vimos luz en cuanto llegamos y eso nos tranquilizó. Inés nos abrió la puerta; su cara proclamaba claramente que los temores de Rómulo no eran infundados. Entramos y nos recibió un silencio sepulcral. El cojo Dámaso estaba frente al fuego, con una botella al lado. Vacía. María salió de uno de los cuartos en cuanto nos oyó llegar.

—¡Por fin! —exclamó.

No vi ni rastro de Lucrecia ni de Brígida.

—Las han cogido —dijo Inés, con voz débil—. Nos esperaban a la salida del cementerio. Yo conseguí huir...

—Espera, espera... —la interrumpió mi amo—. Cuéntanoslo todo.

Y así lo hizo. Inés y las demás habían salido la

noche anterior hacia el cementerio de uno de los pueblos vecinos. Brígida había insistido en acompañarlas, harta, según ella, de perderse toda la diversión. Al principio todo había salido bien: habían saltado la valla del camposanto, mientras Dámaso las esperaba fuera, dispuesto a dar la voz de alarma si se acercaba alguien. Y nadie se acercó porque ya estaban dentro. Ellas rociaban con agua bendita una tumba cuya tierra habían visto removida cuando de la noche surgieron voces que gritaron el alto. Inés y María, más ágiles, salieron corriendo y lograron saltar la valla; Lucrecia y Brígida se quedaron atrás...

—Están en los calabozos de la Inquisición —añadió María—. Acusadas de brujería, comercio con los muertos y no sé cuántas atrocidades más...

Rómulo soltó un grito de rabia.

—Tranquilo, amigo —intervino Dámaso. Su voz denotaba a las claras que el vino que faltaba en la botella estaba bien aposentado en su estómago—. Estoy seguro de que don Diego podrá sacarlas de allí enseguida.

Advertí cierta ironía en su tono de voz, aunque no habría sabido decir si era una provocación o un deje fruto del alcohol.

La cara de mi amo, sin embargo, expresaba cualquier cosa menos esperanza.

La noche transcurrió despacio. La inquietud era evidente en los rostros de los que allí estábamos. Pedro, que extrañamente no había mostrado reacción alguna,

Ellas rociaban con agua bendita una tumba cuya tierra habían visto removida cuando de la noche surgieron voces que gritaban el alto.

Inés y María, más ágiles, salieron corriendo y lograron saltar la valla; Lucrecia y Brígida se quedaron atrás...

se había retirado a dormir a uno de los cuartos, y Rómulo permanecía sentado en un rincón, tan triste que se me encogía el corazón al mirarlo. Dámaso siguió bebiendo sin hacer el menor caso al semblante severo de don Diego. María acostó a la niña y volvió con nosotros.

—Está bien..., solo cansada y muy asustada.

—¡Pobrecilla! —exclamó don Diego—. ¿Cómo habrá sobrevivido rodeada de esos seres? ¿Por qué no han logrado convertirla en uno de ellos?

Ninguno de nosotros teníamos respuesta a esas preguntas.

—Se llama Teresa —añadió María—. Pero no ha querido decirme nada más.

Mi amo tenía la mirada fija en el fuego; las arrugas de su frente indicaban que su cerebro hacía enormes esfuerzos por hallar las respuestas a las múltiples preguntas que lo acosaban.

—¿Qué vamos a hacer? —preguntó Inés.

Dámaso arrojó la botella vacía contra el fuego. Intentó levantarse pero casi no podía tenerse en pie, y volvió a caer donde estaba.

—Intentemos mantener la calma —replicó don Diego. Nunca le había visto tan serio. Me di cuenta de que Miguel también le observaba: el semblante del morisco era más impenetrable que nunca—. De poco les serviremos a Brígida y a Lucrecia si nos dejamos abatir por el desánimo.

Dámaso se rió. Fue una carcajada amarga, dura. Inés fue hacia él y apoyó la mano en su hombro. El fuego los iluminó a ambos, y en esa ocasión sí fui consciente del parecido: ambos poseían una belleza extraña, turbadora, de rasgos distintos, sí, pero que se combinaban formando la misma expresión. De su piel, de sus gestos, incluso de su inmovilidad, parecía emanar una sensualidad salvaje. Sin poder evitarlo, a pesar de todo lo que sucedía, sentí deseos de abrazar a Inés, de yacer con ella, de recorrer su cuerpo con mis manos.

—Tranquilo —susurró ella al oído de su hermano.

Él cerró los ojos mientras ella, de pie, a su espalda, atraía su cabeza contra su pecho.

—Mañana empezaré a mover los hilos —anunció don Diego con voz seca—. Sabéis que tengo amigos influyentes en la corte: intentaré convencer a alguno para que interceda por ellas. También quiero ocuparme de esta niña, hay que sacarla de Toledo. Vosotros no os mováis de aquí. No os alejéis mucho ni entréis en la ciudad. Y por lo que más queráis, que nadie vaya a casa de Brígida. No sabemos si están buscando cómplices...

El día amaneció triste, gris y frío. El invierno en toda su crudeza se abatía sobre nosotros. El aire cortaba. Al levantarme, la casa de don Diego me pareció más austera que nunca. Olía a cerrado, a humedad, a vacío.

Ensillé el caballo para mi amo a primera hora. Antes de partir, con la niña Teresa envuelta en una manta sentada delante de él, me habló sin mirarme a los ojos.

—Saldremos de ésta, Lázaro. Ten fe.

Volví a entrar en casa, aterido, y me senté junto a los restos del fuego. Alguien se dejó caer a mi lado.

—¿Estás bien?

Era Inés. Se la veía asustada, frágil, muy distinta a la fría y desafiante chiquilla que yo había conocido hasta entonces. Por primera vez me sentí fuerte. Ya no era el crío que la había conocido después de recibir un jarrazo de un ciego cascarrabias.

—Don Diego acaba de marcharse. Él lo arreglará todo —añadí, como si decirlo en voz alta sirviera para hacer realidad el deseo.

Asintió como si comprendiera.

—No puedo dejar de pensar en ellas —musitó—. ¿Sabes qué les hacen a las supuestas brujas?

Sus ojos expresaban temor y lástima. Y un destello de ira, no una furia pasajera sino una rabia sorda, fría. Perenne.

—Lo he oído. Pero don Diego las sacará de allí. Ya lo oíste. —Intentaba infundir a mis palabras una confianza que ni yo mismo sentía del todo—. ¿Cómo está Pedro?

—Duerme. —Se calló—. Sé que don Diego lo intentará, pero... tú no sabes lo que hay en juego, Lázaro.

—Sé más cosas de las que te imaginas —protesté—. Oí hablar a don Diego y a su amigo... —No dije nada de la reina y de su confesor; algo me hacía pensar que era mejor no hablar de ello.

—¿Escuchando a escondidas de nuevo? —preguntó sonriendo con una mezcla de orgullo y amargura.

—¿Qué más da? Oí que cuentan con el beneplácito de alguien importante de la corte. Alguien con poder para hacer y deshacer sin dar más explicaciones.

Inés suspiró.

—No sé qué pensar... Sospecho de todos.

—¿Qué?

—Lázaro, ¡nos esperaban en el cementerio! No pudo ser mala suerte. Sabían que alguien iría esa noche. Ni siquiera fingieron sorpresa.

—¿Quieres decir que alguien los advirtió?

Su silencio no negaba nada.

—Pero ¿por qué? No hacemos nada malo, bien al contrario.

—No lo sé, no lo sé. Quizá sean sólo imaginaciones mías.

Estaba nerviosa. Temblaba. La abracé, y por una vez se dejó llevar.

Permanecimos un rato inmóviles, mis brazos rodeaban su espalda. Ella levantó la cabeza hacia mí.

—Tengo frío —susurró.

La hice callar con un beso. Un simple roce de labios. Se apretó contra mi pecho con más fuerza. Sentía su calor, comprendí su petición muda. La besé otra vez, con toda mi torpeza y todas mis ganas, pero no se quejó. Mi lengua recorrió sus labios y bajó hasta su cuello como si estuviera siguiendo una línea invisible. Mis manos olvidaron su espalda y acariciaron sus pechos. Gemí al notar su suavidad. Inés no se movía, su cuerpo respondía a mis besos, al tacto de mis manos. Se estremecía. Por eso, no pude entender su reacción cuando empecé a desnudarla. Se apartó de un salto, me miró con ojos de animalillo herido.

—¿Qué pasa? —pregunté, creo que en tono bastante brusco. La excitación me salía por la voz.

Se había puesto de pie y retrocedió un par de pasos. Sus dedos abrochaban el corpiño y me dio la espalda. Insistí, claro que insistí. Fui hacia ella y la atraje hacia mí, rodeando su cintura con los brazos. No sirvió de nada. Su cuerpo, antes flexible, parecía ahora de piedra.

—Déjame... Es mejor que me vaya.

—¡Basta! —grité, y me temo que con voz de muchacho malcriado. Me sentía a punto de estallar. Le di la vuelta y la obligué a mirarme a los ojos—. Tú lo deseas, Inés, no finjas lo contrario.

Se rió. Podría haber hecho cualquier otra cosa, pero se rió.

—¿Qué sabes tú de deseos? ¿Qué sabes tú de mí? ¡No eres más que un mozo, el criado de cualquier amo que te dé techo y comida, aunque sea tan despreciable como el clérigo al que servías en Maqueda!

Me mordí el labio hasta hacerme sangre y apreté el puño para no abofetearla, aunque en el fondo sabía que tenía razón. Ella llevó un dedo hasta mi boca y recogió la gota roja que descendía por mi barbilla. Entrecerró los ojos y acercó su dedo manchado hasta sus labios emitiendo un gemido de placer. Antes de que pudiera lamer esa gota que parecía anhelar con todo su ser, le agarré la muñeca y se la retorcí.

—¿Es eso lo que quieres? —dije con voz ronca—. ¿Mi sangre? ¿Quién eres, Inés? ¿*Qué* eres?

Abrió los ojos, me miró a través de un velo de lágrimas.

—¡Enternecedor! —La voz de Dámaso, fría y tajante como el aire de la mañana—. ¿Por qué no le cuentas la verdad, hermanita? ¿Por qué no le dices quiénes somos? Grítalo a los cuatro vientos, que se entere todo el mundo.

Inés se apartó de mí y, despacio, cabizbaja, fue hacia su hermano.

—No quieres saber lo que soy —musitó sin mirarme—. Te aseguro que es mejor que no lo sepas.

Los dos juntos se dirigieron hacia la puerta. Antes de salir, Dámaso me dirigió una mirada triunfal. Había ganado, o al menos eso creía.

Deambulé por la casa sin saber qué hacer. Las palabras de Inés me habían herido y sentía la necesidad de actuar, de demostrarle que podía confiar en mí. Llevado por un impulso entré en el cuarto de don Diego. Una bolsa de piel, dispuesta sobre la cama, me llamó la atención. Estaba llena de dinero: monedas de oro, una pequeña fortuna. La apreté entre los dedos. Sentí la tentación de apoderarme de ese dinero y huir, alejarme de aquella casa y de sus habitantes. Con eso podía irme lejos, muy lejos... Olvidarme de todo y empezar una nueva vida. La metí en el bolsillo del pantalón y paseé por la casa: Rómulo dormía, Pedro y María también. No vi a Miguel, y eso me extrañó. ¿Y si Inés tenía razón? ¿Y si alguien las había vendido a los justicias? El morisco no parecía sentir el menor aprecio por ninguno de ellos... Meneé la cabeza: las ideas se me agolpaban sin tregua. Estaba confundido. La casa se me caía encima y decidí salir; a pesar de las advertencias de mi amo, mi cuerpo me pedía hacer algo, no quedarme parado a la espera de que vinieran a sacarnos las castañas del fuego. Haría algo que borraría esa sonrisa estúpida de los labios de Dámaso, que demostraría a Inés que no era un simple criado. ¡Podía lograrlo! ¡Podía ser un héroe y quedarme con la doncella!

El frío me bajó la calentura y la confianza de un plumazo. Deambulé sin rumbo durante un buen rato. Mis pasos parecían empeñados en dirigirme a casa de Brígida, pero me negué a obedecerlos. Seguí caminando por la ciudad durante horas, inquieto, maldiciéndome a mí mismo por haber salido de casa. ¿Cómo podía yo, un mozo sin más, acercarme a las mazmorras de la Inquisición? Mi empeño flaqueaba a medida que pasaba el día, aunque me dije que tal vez no fuera desánimo, sino falta de comida. Entré en una taberna, un mesón próximo a la plaza en el que reinaba un cierto bullicio y, poniendo buen cuidado en no mostrar la cantidad de monedas que llevaba, pedí algo de comer y una jarra de vino. El rumor de conversaciones y el alcohol me hicieron reaccionar. No pude evitar prestar atención a una charla que se desarrollaba cerca de mí: hablaban de las brujas que los justicias habían detenido en el camposanto vecino.

—Dicen que vivían aquí cerca.

—¡Claro que sí! No finjas que no las conocías...

—Que saqueaban a los pobres difuntos y usaban sus huesos podridos para sus pócimas.

—¡Arderán en la hoguera, ya lo veréis! Hay que librarse de esas rameras del diablo.

Intervino un hombretón recio y malcarado.

—¡Arrepentíos, pecadores que habéis convivido con esas brujas endemoniadas! ¿Cuántos habéis retozado entre sus sábanas? ¿Cuántos habéis fornicado con esas concubinas del diablo?

Se hizo un silencio sepulcral. Por las caras de los hombres deduje que más de uno había acudido a la casa de Brígida.

—¿Lo veis? De nada sirve decir que desconocíais en qué andaban metidas esas putas. ¡Tomad la bula que os perdonará vuestros pecados! El Señor es misericordioso y os garantiza el perdón si os arrepentís de corazón.

Sonreí para mis adentros. No era la primera vez que me topaba con un vendedor de indulgencias. Paga y serás perdonado; no lo hagas y arderás en el infierno.

—¿No queréis reconocer vuestros pecados, canallas? —insistió el buldero—. Bien, que Dios os proteja entonces... Pero, por si alguno reflexiona, me encontraréis al atardecer a las puertas de la catedral. Pensad que esas brujas arderán en la hoguera, pero Dios conoce sus pecados... y con quién los cometieron.

Sonreí para mis adentros. No era la primera vez que me topaba con un vendedor de indulgencias. Paga y serás perdonado; no lo hagas y arderás en el infierno.

—¿No queréis reconocer vuestros pecados, canallas? —insistió el buldero—. Bien, que Dios os proteja entonces...

Y, dicho esto, dio media vuelta y se marchó. Por las caras de los parroquianos supe que más de uno sacaría sus ahorros para comprar la bula que ofrecía aquel supuesto perdonador de pecados.

Pensar en las mujeres ardiendo en la hoguera hizo que me temblaran las piernas. El vino me sabía a veneno. Intenté alejarme de los hombres por miedo a que notaran mi cara de preocupación. Paseé la mirada por la vieja taberna. Y entonces lo vi.

Era Pedro, sin duda alguna. De pie en un rincón me observaba fijamente. Su mirada tenía algo extraño, algo inhumano... y comprendí. Supe que era uno de ellos, que había dejado de ser el Pedro que conocíamos, que me acechaba con intenciones peligrosas y desconocidas. Apuré el vino de un trago y me escabullí hacia la puerta. Cuando me volví, antes de salir, él ya no estaba. Ni rastro de él. Corrí... corrí como una bestia aterrada, aunque en el fondo sabía que era inútil: Pedro sabía bien adónde iba. Me esperaría en la casa de don Diego.

Parado, con el corazón tembloroso y las rodillas a punto de ceder, me dije que no podía volver a la que había sido mi casa. Un arrebato de furia me dominó. ¿Quién me mandaba a mí, a Lázaro González, que había nacido en el río Tormes, mezclarme con aquel hatajo de locos?

Era la hora del lubricán y no le vi llegar. Surgió de la sombra, cual criatura del averno. Avanzaba despacio hacia mí, con su sonrisa desdentada. Su aliento emanaba un olor agrio, a muerto. Di media vuelta e intenté huir; él me siguió con la constancia de un

187

perro fiel. Huí sin saber hacia dónde iba; doblé una calle y me adentré en la judería. Sus pasos firmes, lentos, seguían resonando a mi espalda. Corrí hasta chocar contra una reja y solté un grito de desánimo: me había metido en un callejón sin salida. Ni me atrevía a volver la cabeza. Sabía que caminaba hacia mí. Cerré los ojos y me volví despacio. Pedro estaba muy cerca, con los brazos extendidos, como quien va a saludar a un viejo amigo. Mi espalda habría perforado la pared de haber sido posible. No tenía escapatoria. Mis días, pensé, terminarían en aquel callejón desierto a manos de un muerto vivo. Le miré, intentando buscar en él un rasgo de humanidad, sacar de él un atisbo de compasión. Pero sus ojos continuaban apagados, turbios, como poseídos por una violencia gris.

Cuando ya me veía devorado por aquel ser, algo, alguien, le rebanó la cabeza desde detrás. Fue un tajo limpio. La cabeza de Pedro cayó a un lado mientras su cuerpo se detenía, como si de repente hubiera perdido el norte.

—¡Corre, Lázaro!

Era la voz de Miguel. Salté por encima de la cabeza sanguinolenta y dejé atrás el cuerpo, que por fin se dobló y se desplomó contra el suelo.

—Te ha ido de bien poco —dijo el morisco.

Asentí.

—¿Qué...? ¿Qué le ha pasado? Era... era uno de ellos.

—Eso me temí. Lo encontré por la ciudad, vagando como un alma en pena. Parecía buscar a alguien...

—Sonrió—. Ahora que lo pienso, era a ti a quien amenacé con rebanarle el pescuezo.

Sacudí la cabeza, pensando en las sospechas que había albergado contra el joven morisco.

—¿Qué haces aquí? —le pregunté.

—Lo mismo podría decirte yo… Creo que… Creo que ha llegado la hora de poner tierra de por medio —añadió—. Al menos por lo que se refiere a mí... Los de mi pueblo solemos ser buenos cabezas de turco. No voy a quedarme esperando.

—Pero... Don Diego volverá... Estoy seguro.

Me miró con sus ojos oscuros. Intenté leer en ellos lo que pasaba por su cabeza, pero no pude. Sólo añadió una frase más:

—Ésta ya no es mi guerra.

Al verle partir, el desánimo se apoderó de mí: había sido un día largo y duro. Sólo quería dormir, olvidarme de todo, pero las imágenes volvían a mi mente con fuerza: Pedro decapitado, Inés en mis brazos, y Lucrecia y Brígida encerradas a la espera de un destino que no auguraba nada bueno.

TRATADO QUINTO

*Cómo Lázaro se asoció con un buldero
y lo que le sucedió con él*

Me quedé en la calle, solo; una sensación de peligro indefinido me acechaba,

Me decidí de sopetón. No tenía ni mucho menos un plan claro, pero no podía permanecer impasible, al menos mientras Lucrecia y la pobre Brígida estaban presas. Con paso resuelto me dirigí a las puertas de la catedral: buscaba al buldero que había visto en la taberna. Tal vez no lograra nada, pero si alguien podía acercarme hasta las mazmorras de la Inquisición sin peligro era él. El ciego me había contado que los bulderos repartían sus ganancias con frailes y alguaciles. La gente, crédula, otorgaba sus dineros a esos falsos perdones al tiempo que confesaba sus faltas, lo que convertía a los bulderos sin escrúpulos en una buena fuente de información para las autoridades de las villas.

Me planté frente a la catedral y tardé poco en ver a quien buscaba. Allí estaba, con cara de haber hecho poco negocio. Me dije que su estrategia no había dado los frutos deseados: los hombres temían más la ira de sus esposas que la de Dios, seguramente porque ellas estaban más cerca; ninguno querría reconocer que había frecuentado la casa de Brígida, ya que si algún diablo los había llevado hasta ella era el que enciende la entrepierna, no las calderas del averno.

—¿Se te ofrece algo, muchacho? —me preguntó al ver que lo miraba de reojo—. No creo que puedas pagarte el perdón de tus pecados —añadió con una carcajada.

Negué con la cabeza y le hice una señal de complicidad.

—Os oí antes, en la taberna, cuando hablabais de las brujas. Muchos de los que están ahora sentados en misa o paseando por la ciudad pasaron por sus sábanas, pero no van a reconocerlo.

—¡Eso me temo!

—Yo puedo ayudaros, señor... Las conocí... y también a algunos de sus clientes.

—¿Y eso lo haces porque quieres salvarlos del infierno?

Sonreí.

—Y porque quiero cenar caliente esta noche.

Soltó una carcajada.

—Creo que con tu ayuda rescataremos más de un alma extraviada...

—¡Amén! —concluí, guiñándole un ojo.

Y así me dediqué a señalar con un leve gesto, casi imperceptible, a cualquier hombre que me pareció haber visto salir o entrar de la casa de Brígida. No debí de equivocarme mucho porque, al acercarme a ellos con la bula en la mano, ellos fingían darme unas monedas por caridad y se la guardaban discretamente. Cuando se hizo de noche, el buldero había vendido una docena de bulas gracias a mí, más alguna otra por cuenta propia, y estaba de excelente talante. Más aún en cuanto comprobó que yo no aprovechaba para sisarle alguna moneda.

El buldero se sentía agradecido y me llevó a cenar con él. Mientras dábamos buena cuenta de la sopa, le pregunté qué pasaría con las mujeres presas.

—Te daré un consejo, muchacho, olvida que las conociste. Se comenta que un inquisidor especial se hará cargo de su caso, dada la gravedad de las acusaciones. Se espera su llegada hoy mismo, y se rumorea que el proceso será rápido. Los cargos son tan claros que requieren de un castigo inmediato; sólo se espera a que las brujas confiesen quiénes las ayudaban en sus andanzas.

Tragué saliva.

—Jamás anduve con ellas por las noches, señor —me apresuré a decir—. Soy demasiado joven... y demasiado pobre.

Se rió.

—No importa. Cualquier nombre que salga de boca de esas brujas será sospechoso al instante, así que ándate con ojo. Yo de ti —añadió bajando la voz— me esfumaría de la ciudad una temporada.

Asentí. Era lo mismo que yo había estado pensando, pero al mismo tiempo algo me empujaba a quedarme: para esperar al regreso de don Diego, para ver a Inés, para ayudar al pobre Rómulo...

—¿Sabéis una cosa? —me atreví a decir, en voz

igualmente queda—. Yo también he oído cosas sobre las brujas: me han dicho que no son tales, sino que andaban metidas en una misión a las órdenes de un noble, que a su vez servía al rey...

Me miró con cara de pocos amigos.

—¿Estás acusando al rey de pactos con rameras endiabladas?

—No. —Decidí jugarme el todo por el todo—. Conocéis a los guardias de las mazmorras del Santo Oficio, ¿verdad?

Asintió.

—Os propongo un negocio. —Lo miré directamente a los ojos—. No os costará nada y sacaréis más beneficios que vendiendo esas bulas. Yo no soy un simple mendigo, sino el criado de un noble muy rico. Ayudadme y yo os recompensaré.

No se fiaba del todo, así que tuve que dedicar un buen rato a persuadirle.

A medianoche, el buldero (con la bolsa llena de la mitad de los dineros que don Diego guardaba en su casa) y yo nos encaminamos a las dependencias que el Santo Oficio tenía en la ciudad: un viejo caserón cerca del mercado que se usaba como mazmorra. Él se santiguó antes de llegar —la codicia había podido al miedo—, pero sabía que se la jugaba y sólo la generosa recompensa prometida (en dos pagos, uno antes de llegar y otro cuando todo hubiera acabado) le había decidido a ayudarme. Ambos vestíamos hábitos oscuros, que habían salido del arcón del buldero. El mío, amplio, se completaba con un hatillo donde llevaba una carga muy peculiar.

Llegamos a las puertas y mi acompañante saludó al guardia.

—He encontrado a fray Lázaro cuando venía hacia aquí —le dijo—. Viene a colaborar en el proceso de las brujas.

El guardia me miró de arriba abajo.

—Creía que no llegaríais hasta mañana.

—La obra contra el Maligno no puede esperar —dije con voz grave—. El cardenal Adriano en persona me ha encomendado esta misión.

El guardia dio un respingo al oír ese nombre.

—Ahora no hay nadie aquí. Los inquisidores se han retirado ya.

—Por eso he venido. Quiero interrogar a las brujas a solas... Cuestión de Estado —añadí en tono confidencial.

—Muy joven sois para disfrutar de la confianza del cardenal.

—La lucha contra el Mal requiere de la fuerza de la juventud.

El buldero se removió nervioso y sacó una bota de vino. El compañero del guardia se acercó a nosotros al verla.

—¿Podemos echar un trago?

El primer guardia lo miró con expresión enojada. Hizo una señal en dirección a mi persona.

—Pasad, fray Lázaro. Os acompañaré a las celdas de las brujas.

Y, tras dirigir un inequívoco gesto a su compañero y a su amigo el buldero, pidiéndoles que le guardaran su parte de vino, me cedió el paso y juntos entramos en los lóbregos dominios del Santo Oficio.

Me gustaría poder describiros la sensación de opresión que se respiraba ahí dentro. La humedad escalaba por las paredes y descendía por los techos; hacía un frío infame. A medida que me internaba en aquel sombrío espacio sentía que el miedo me acariciaba el corazón provocándome un escalofrío constante. Casi no respiraba: el hedor a carne podrida, a vómitos, a sangre y a excrementos era insoportable.

—Quiero quedarme a solas con ellas —le dije cuando nos detuvimos frente a una puerta cerrada, custodiada por otro guardia que se puso en pie de repente al vernos llegar.

—Como deseéis, padre. Pero ¿no será peligroso para vos?

Los miré a ambos. Agarré con firmeza la cruz que llevaba colgada al pecho y solté una retahíla en latín que había aprendido cuando era mozo del cura. Eso les impresionó, y la terminé con una frase que pudieran entender.

—El Señor está conmigo. Nada me falta.

Pronuncié esas palabras en tono acusador, y ambos bajaron la cabeza, compungidos. El nuevo guardia abrió la puerta.

—¿Cómo te llamas? —le pregunté.

—José, padre.

—Bien. Deja la puerta entreabierta por si te necesito. Pero aléjate unos pasos de ella. Hay cosas que es mejor que no oigas. —Y al decir esto, saqué del hatillo unas tenazas de hierro, de las que se usan para atizar el fuego, que había conseguido también gracias al buldero.

—Como ordenéis, padre.

—Y tú vuelve a la puerta. No me fío de tu compañero y de ese vende bulas. Si empiezan a beber descuidarán sus tareas. Y estoy seguro de que estas brujas tienen amigas fuera de aquí.

—Sí, padre.

Respiré hondo. No podía creer que ya estuviera dentro. Me aseguré de que ambos cumplían mis órdenes. ¡Qué fácil era mandar si uno se creía con derecho a hacerlo! Había imitado el tono de don Diego a la perfección. Ahora, sin embargo, faltaba lo más difícil...

Provisto de una antorcha dejé el hatillo en el suelo y me acerqué a los bultos informes que dormitaban en aquel suelo inmundo.

—¡Despierta, concubina del demonio! —grité, para que me oyeran desde fuera.

Una de las dos formas se arrastró por el suelo, huyendo de mí.

Me bajé la capucha del hábito al tiempo que sostenía la antorcha junto a mi rostro y me llevaba el dedo índice de la mano derecha a los labios. Lucrecia abrió unos ojos como platos. Harapienta, en su cara se apreciaban huellas de golpes, y aliviado me dije que las torturas aún no habían empezado, al menos no con ella. Cuando vi que Brígida no se movía me temí lo peor. Empecé a recitar frases en latín, o algo parecido, mientras me agachaba a comprobar el estado de la anciana. Lucrecia seguía boquiabierta, sin dar crédito a lo que veía. Tampoco yo podía creerlo.

El cuerpo de Brígida era una masa sanguinolenta. Se habían ensañado con ella con tanta crueldad que no había ni un centímetro de piel que no presentara algún corte. Su rostro, ya ajado, era ahora una máscara de dolor. Sus ojos, como los de un caballo herido, imploraban misericordia.

—Brígida —susurré—, ¿qué te han hecho?

Su respuesta fue un gemido débil. Miré a Lucrecia, y ésta bajó la cabeza. Entendí lo que ambas me pedían, pero no había acudido para eso. ¡Maldita sea! Lo había organizado todo para que huyeran, para plantarme ante Inés y echarle en cara sus desprecios. No para terminar con la vida de alguien.

Brígida entreabrió los ojos y lanzó con ellos un ruego mudo. Del hatillo saqué el hábito que había llevado para ella y lo doblé despacio. Lucrecia rompió a llorar pero en sus lágrimas había tanto dolor como agradecimiento. Yo cerré los ojos, apoyé la basta tela sobre el maltrecho rostro de Brígida y apreté con fuerza. Con la voz rota, entoné otra letanía en latín mientras presionaba con ahínco. Fueron sólo unos instantes, pero se me hicieron eternos. La débil resistencia que oponía el cuerpo de la mujer —el cuerpo, porque su mente anhelaba la muerte— terminó enseguida.

Respiré hondo y aparté la pesada tela de la cara de Brígida. Me gustaría decir que vi en ella una expresión de gratitud, pero la muerte no tiene sentimientos. Me santigüé.

Indiqué a Lucrecia que siguiera tendida y empecé a gritar.

—¡Inútiles! —maldije acercándome a la puerta—. ¿Quién ha torturado a las brujas antes de que yo llegara?

El guardia vino a mi encuentro.

—No fui yo, padre...

Lo abofeteé con todas mis ganas.

—¿Acaso crees que puedo interrogar a una muerta?

Me miró aterrado.

—No... no estaba muerta, padre. Yo mismo...

—¿Tú mismo? —Alcé la cruz en dirección a él—. Informaré al cardenal de tu negligencia. Las brujas debían seguir vivas hasta que nos confesaran todo lo que saben.

—Pero... pero... —balbuceó, cayendo de rodillas—. ¡Perdón, padre!

No podía esperar a una ocasión mejor. Del hábito saqué un duro bastón de recia madera y le asesté un fuerte golpe en la cabeza. Cayó desplomado sin emitir ni un gemido.

Volví a entrar en la celda. Lucrecia intentaba ponerse el hábito que yo había traído para ella, aunque aquellos enormes pechos no ayudaban en nada a su empeño. Al final, sin embargo, logró disimularlos bajo la amplia tela.

—¿Qué es esto? —preguntó, señalando el hatillo.

Sonreí.

—Avivemos la leyenda... —Saqué de él los dos gatos muertos que había traído conmigo y los dejé junto al cadáver de Brígida—. ¿No afirman estos locos que los gatos son los animales del diablo? ¡Esto les convencerá de que así es! Y les dará algo en que pensar...

Lucrecia me miraba asombrada, y algo asqueada también.

—Mi idea era dejarlos en vuestro lugar. Uno en sustitución de cada una de vosotras, pero...

Salimos. Del bolsillo del guardia cogí las llaves y cerré la celda. Éste seguía inconsciente, y lo senté junto a la puerta, como si nada hubiera pasado.

Junto a Lucrecia recorrimos el pestilente espacio. Debíamos sortear un último obstáculo: cruzar la puerta. Cuando estábamos cerca la detuve con un gesto. Las risas del buldero y de los guardias me indicaron que había cumplido con su parte del trato. Llegaba ahora, sin embargo, el momento más peliagudo de la empresa. Asomé la cabeza y solté un maullido. Era la señal para que el buldero pusiera en práctica la segunda mitad del plan. Maullé de nuevo, por si no me había oído. Y una tercera vez.

—¿Qué ha sido eso? —preguntó mi cómplice.

—¿El qué? —replicó uno de los guardias.

Repetí el sonido.

—Será un gato, digo yo... —apuntó riendo el otro guardia.

—Eso me temo —dijo el buldero con voz seria. Vi cómo se santiguaba.

—¿Qué pasa?

—¿Acaso no sabéis que los secuaces del diablo toman forma de gatos para visitar a sus amantes sin levantar sospechas?

—¿Qué es esto? —preguntó, señalando el hatillo. Sonreí.

—Avivemos la leyenda... —Saqué de él los dos gatos muertos que había traído conmigo y los dejé junto al cadáver de Brígida—. ¿No afirman estos locos que los gatos son los animales del diablo? ¡Esto les convencerá de que así es! Y les dará algo en que pensar...

Los guardias se callaron. Tenían la cabeza embotada a causa del vino, y tampoco habían demostrado ser muy listos. Un nuevo maullido, más débil, pareció helarles la sangre.

—¡Hay que ir a por él! —gritó el buldero, dando un puñetazo sobre la mesa.

Ninguno de los dos parecía muy dispuesto a moverse, y menos para enfrentarse a un diablo, aunque anduviera bajo la forma de un simple felino.

—¿Queréis que el diablo libere a esas malditas brujas?

Se inició entonces una discusión entre ambos guardias. El de mayor rango exhortaba al otro a entrar en los pasadizos a inspeccionar el terreno; el segundo, envalentonado por el alcohol, se negaba a cumplir órdenes, más por miedo que por otra cosa. El primero, sin embargo, quiso imponer su voluntad de un puñetazo: dejó claro quién mandaba, sí, pero el golpe derribó a su compañero y lo dejó inconsciente, incapaz de cumplir orden alguna que no fuera dormir hasta que desapareciera el efecto narcotizante de la borrachera y el chichón.

Aproveché ese momento para salir.

—¿Qué sucede?

El guardia me miró: no estaba lo bastante borracho para no sentir miedo.

—He... hemos oído un gato y... —balbuceó.

—Daré parte a tus superiores mañana mismo —repliqué con voz severa—. Ve a ver qué pasa de una vez por todas.

Se volvió y aproveché el momento para descargar

un fuerte golpe sobre su nuca. Instantes después, los tres —Lucrecia, el buldero y yo mismo— corríamos por las calles de la ciudad.

Nunca la calle me había parecido un espacio tan libre, tan amplio; nunca el frío de la noche me había resultado tan vigorizante. Cuando estuvimos a un par de manzanas de las mazmorras, nos despojamos de los hábitos: los dos frailes se convirtieron al instante en un joven y una mujer madura, algo magullada pero contenta. A nuestro lado, el buldero se movía con rapidez. Al vernos ya cambiados, me dijo:

—Queda un último detalle por arreglar.

—Lo sé. Y aquí lo tienes. —Le entregué el dinero prometido, con la esperanza de que don Diego considerara que había sido bien empleado.

—Creo que no volveré por aquí durante una larga temporada —dijo el buldero con una sonrisa.

—Con esto podrás pasar el invierno entero sin vender una bula.

Me dio la mano.

—Si algún día quieres unirte al negocio…

—Lo haría contigo —repliqué, al tiempo que estrechaba la mano tendida.

—Te daré un último consejo. Marchaos de Toledo. A ella la buscarán, no te quepa duda.

Asentí, y nuestros caminos se separaron para siempre. Yo ardía en deseos de llegar a casa, de ver la cara de Rómulo y sentir la admiración de Inés. De ser, por una vez, un héroe salvador merecedor de respeto. Y, también debo decirlo, ansiaba ver si Dámaso volvía a dirigirme su mirada de desprecio después de aquello.

TRATADO SEXTO

*Cómo Lázaro adquirió la inmortalidad
y tuvo ocasión de lamentarlo*

Debo admitir que el recibimiento que nos depararon en la apartada casa de don Diego colmó mis mayores expectativas. A pesar de la triste noticia que suponía la muerte de Pedro y de Brígida, de quien dije que ya había fallecido cuando llegué a la celda, la liberación de Lucrecia animó los rostros de María y de Inés, que casi habían perdido toda esperanza. Rómulo casi murió de la impresión al verla y el abrazo en que se fundieron él y su amada, por desigual y ridículo que a muchos les pudiera parecer, me llenó los ojos de lágrimas.

Al verlos juntos miré a Inés, que me observaba con una sonrisa en los labios. ¡Dios! Habría derribado mil muros, engañado a mil guardias, entrado en mil cárceles por sentir el calor de esa sonrisa. Inés se dirigió a mí y me dio la mano, y con ese gesto supe que esa noche sería mía. Juraría que Dámaso también lo entendió así, ya que se mantuvo muy tenso, escuchando con aire displicente el relato que Lucrecia, a ratos con mi ayuda, hacía de su salida de las mazmorras.

—Deberíamos irnos —dijo el cojo al final—. Cuanto antes. Esta misma noche. Como ha hecho Miguel...

Lo miré, desafiante, aunque una parte de mí le daba la razón. Había que poner tierra de por medio, alejar a Lucrecia y a quienes se encontraran con ella, de los alrededores de Toledo. Aún quedaban monedas de las que había encontrado en la alcoba de don Diego... Podíamos huir enseguida.

—Ha pasado un día y no hay la menor noticia de don Diego —insistió Dámaso.

Inés apretó mi mano. La promesa implícita en esa caricia me decidió a enfrentarme a Dámaso.

—Esperaremos a don Diego un día más. Si mañana al anochecer no ha regresado, nos iremos. —Mi tono ya no era el de un mozo o un criado. Incluso a mí me extrañó la fuerza y la convicción que transmitía.

—¡Estáis locos! A ella la buscarán por toda la ciudad. No dejarán ni una piedra por remover hasta encontrarla.

Volví a considerar la situación. Dámaso no mentía, pero en esos momentos estábamos igual de seguros en aquella casa apartada de Toledo que vagando por los caminos. Además, tal vez el regreso de don Diego trajera consigo otras, y mejores, noticias.

Expuse todo esto en voz alta y clara, y añadí:

—Tan sólo digo que esperemos un día más. Si mañana al atardecer seguimos sin tener noticias suyas, nos iremos. Mirad, ya casi amanece... En cualquier caso, siempre será mejor escapar de noche que cuando despunta el día.

Me gustaría decir que estaba totalmente seguro de

haber tomado la decisión correcta, pero no puedo. Incluso entonces, mientras pronunciaba esas palabras, sentía que mi confianza flaqueaba, y que, en el fondo, era el deseo (irracional por definición) y no la cabeza lo que me llevaba a hablar como lo hice. Pero los demás parecieron estar de acuerdo. Dámaso lo intentó una vez más; sus ojos negros se clavaron en Inés.

—Yo me marcho. ¿Vienes conmigo?

Ella sostuvo su mirada. Fui yo quien entonces apretó su mano, y solté un suspiro de alivio al oírla:

—No.

Nadie dijo una palabra más. Dámaso nos lanzó una mirada cargada de conmiseración y, cojeando, fue hacia la puerta. Inés cerró los ojos al sentir el portazo.

Todos dormían. Tumbado en mi estrecho jergón, con Inés desnuda a mi lado, me impregné de su olor. Su piel acariciaba la mía, su boca me susurraba al oído cosas que no voy a repetir porque pertenecen al idioma que comparten los amantes. Allí, en aquel cuarto austero y frío, en una casa que no era nuestra, nos entregamos el uno al otro. Mi boca recorrió su cuerpecillo frágil mientras ella jadeaba de placer; besé aquellos senos pequeños y firmes, y sentí que iba a explotar. Anhelaba poseerla.

Mi cuerpo se movía sobre el suyo, obedeciendo al más puro instinto, venciendo las débiles barreras con caricias y besos. Nuestras caras estaban tan cerca que su aliento se fundía con el mío en una mezcla que olía a vino y a ansiedad. Deseé prolongar el momento, eternizar aquellos instantes, pero no pude. La penetré con el ardor y la fuerza de un aprendiz de amante, y caí a su lado. Seguíamos entrelazados, ambos cuerpos unidos de tal modo que pensé que nada podría desasirnos. La miré a los ojos. Lloraba.

Sequé sus lágrimas con la yema de mi dedo. Algo en su cuerpo, en la fuerza con que seguía agarrándome, me decía que no estaba satisfecha.

—Sé lo que eres —musité—, y no me importa.

Sus ojos despedían una tristeza absoluta. Habría dado cualquier cosa por iluminarlos. Hasta mi alma.

—No sabes lo que dices —susurró—. Nadie puede saber...

—Yo te he hecho mía. Hazme tuyo.

Vi la tentación en su mirada.

—Esta noche, en la mazmorra, maté a Brígida. —Noté que su cuerpo se tensaba—. Estaba malherida, sus ojos me lo pedían... Coloqué una tela sobre su rostro y apreté hasta que dejó de respirar.

—¿Por qué me cuentas esto?

—No lo sé... Tenía que decírtelo. Sé que es lo que debía hacer, lo que ella quería, pero me duele de todos modos.

Seguimos en silencio. Su respiración se aceleraba.

—Ahora también tú sabes lo que debes hacer, lo que yo quiero. Quiero estar contigo, ser como tú.

—No sabes lo que estás pidiendo.

—Tampoco lo sabía Brígida. Hay momentos en que simplemente no nos queda otra opción.

La estreché con fuerza entre mis brazos.

—Te he dado cuanto tenía pero sé que no es bastante. Y mi vida no tiene sentido si no te satisface.
—¿Estás seguro?
Asentí.

No lo estaba, ¿cómo iba a estarlo? He tenido siglos para pensar en ese momento. En esa decisión. En lo que sucedió después. En mi vida a partir del instante en que sus dientes ávidos se clavaron en mi cuello. Ahora, pasados muchos años, puedo decir con honestidad que me arrepiento y, a la vez, con la misma sinceridad, afirmar que estoy seguro de que, si mi vida se repitiera, volvería a pedir lo mismo. Nada habría podido evitarlo, y creo que ambos lo sabíamos desde hacía tiempo: desde que ella probó mi sangre y yo sentí sus ansias. ¿Queréis saber cómo fue? Hubo dolor, un dolor intenso, y al mismo tiempo, una oleada de placer que jamás he vuelto a experimentar. Dolor. Placer. Vida. Muerte.

Respiré hondo mientras sus dientes agujereaban mi piel y absorbían mi sangre, mientras mi cuerpo se arqueaba poseído por un escalofrío gélido. Luego llegó la nada... Paralizado, con los ojos abiertos, comprendí que no podía moverme: mis piernas parecían de plomo; mis brazos, ramas secas; el cuello no me respondía. Veía y oía, como en medio de una noche de niebla, a retazos, pero mis labios se habían sellado. Fui consciente de que mi corazón latía cada vez más despacio. A mi lado, Inés me acariciaba. La veía, sabía que su mano me secaba la frente, pero no notaba el tacto. Nada. Ella lloraba. Comprendí, a pesar del embotamiento que invadía mi cerebro, que se arrepentía de haberlo hecho. Habría deseado tranquilizarla, decirle que todo saldría bien, que no se culpara de nada. Que, como Brígida, yo había escogido. Pero no pude, no podía hacer ni decir. Mi corazón se paraba. Cada latido era más débil que el anterior. Pensé que eso era la muerte. Detenerse. Observar el mundo pero no participar en él... Cerré los ojos. Mi mente se pobló de recuerdos, de imágenes: mi madre, caminando derrotada; mi hermano negro lleno de gusanos; el ciego, las ratas del sótano, don Diego. Inés. La despedida de Miguel. Las monedas encontradas en la cama de mi amo. Una pequeña fortuna que nos habría permitido huir. Huir... Abrí los ojos: era lo único que podía hacer. Ninguna otra parte del cuerpo me respondía. Sólo ésa. Veía. Y pensaba: con una lucidez exenta de prejuicios, de afectos y de pasiones. Supe que don Diego había dejado ese dinero para que escapásemos, que ése había sido su último intento de salvarnos. Porque estábamos condenados desde el principio. Porque, como aquellos a los que perseguíamos, éramos unos muertos sin saberlo. Muertos porque no podían dejarnos vivos. Los desechos de la Corona, usados a conveniencia y eliminados cuando ya no son útiles, cuando saben demasiado. Habría sentido odio por don Diego de haber podido sentir algo.

Paralizado, intenté con todas mis fuerzas advertir a Inés del peligro. Concentré toda mi energía en los ojos y traté, desesperadamente, de transmitir ese

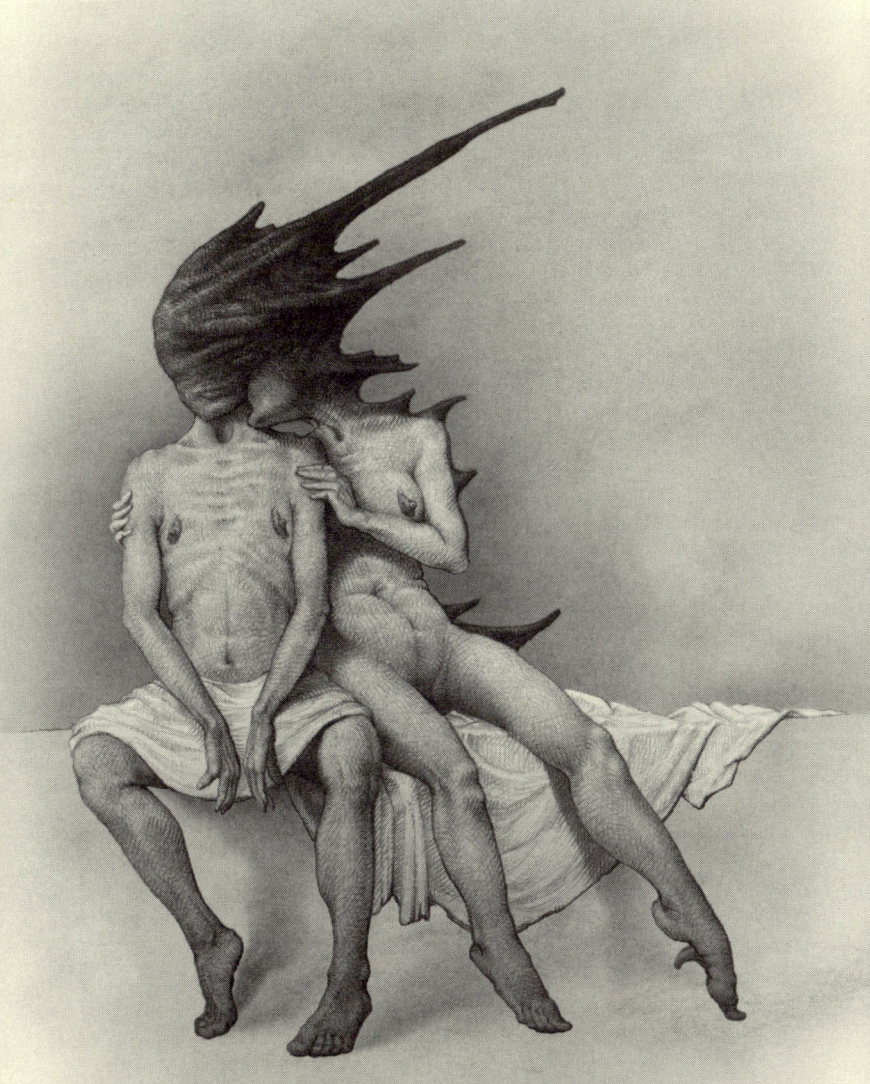

Respiré hondo mientras sus dientes agujereaban
mi piel y absorbían mi sangre, mientras mi cuerpo
se arqueaba poseído por un escalofrío gélido.
Luego llegó la nada...

mensaje —corre, vete, huye—, pero no conseguí nada. Ella dormía a mi lado.

Debo contarlo, pero no puedo. Ahora, siglos después, otra parálisis distinta, tan intensa como aquélla, me impide actuar. Permitidme que sea breve. Es lo único que os pido. No puedo enfrentarme al relato de los detalles cruentos, me falla el pulso, se me corta el aliento...

Inmóvil, los oí llegar. Supe quiénes eran: soldados del rey, ejecutores con una misión. Irrumpieron en mi cuarto, y con ellos llegaron hasta mí los gritos de los otros. Noté la ausencia de Inés. Sentí que alguien la apartaba de mí. Vi, sin poder apartar la mirada, cómo un soldado la sujetaba por los cabellos y la decapitaba. El mismo soldado se inclinó sobre mí. Vio la profunda herida de mi cuello y mi cuerpo inerte. Otro me habría rematado, pero éste no lo creyó necesario. Me dejó allí. Solo, rodeado de muerte. Rogando que el corazón se detuviera de una puta vez, y para siempre.

Tardé horas en recuperar la consciencia. Extrañamente el corazón seguía sin latir, pero la inmovilidad fue desapareciendo, mis manos y pies empezaron a reaccionar de nuevo. Sin embargo, no quise levantarme. Intenté cerrar los ojos de nuevo y olvidar. ¡Vano empeño en alguien que disponía de todo el tiempo del mundo para sufrir por esos recuerdos!

¿Qué más puedo decir? Que antes de partir me obligué a ver los cadáveres de mis amigos: de Lucrecia y Rómulo, que pasaron sus últimos minutos de vida abrazados y así entraron en el otro mundo; de María, que murió sola, seguramente tal y como había vivido; de Inés, degollada a mi lado sin que yo pudiera hacer un solo gesto por detener la masacre. Pues sí, los vi todos, y retuve esa imagen en el rincón de la memoria donde van a parar los recuerdos que queman. Podría deciros también que salí de la casa y anduve sin rumbo; que, a pesar del dolor, mi cuerpo albergaba un ansia nueva, un hambre bien distinta a la sufrida en otros momentos de mi corta vida. Pero ahora sabía también, sin necesidad de que nadie me lo dijera, que el alimento que debía saciarme no se compraba, ni dependía de nadie más que de uno mismo. Una sonrisa amarga se dibujó en mis labios… Por fin era libre.

TRATADO SÉPTIMO

*Cómo Lázaro se transformó
en personaje de leyenda*

He tenido mucho tiempo para reconstruir las piezas, para ordenar la secuencia de hechos que culminó con la terrible matanza de cuatro inocentes ordenada desde la corte. Durante un tiempo me obsesionó comprender, seguir el hilo y atar los cabos sueltos; luego la vida me llevó hacia otras luchas y abrió ante mí otros secretos. Un viejo marinero me habló un día de la epidemia que vino de ese Nuevo Mundo, la que él calificó como la «venganza de los indios». La muerte que no lo era, así lo definió. Ignorábamos, e ignoro aún, cinco siglos después, cómo se propagaba aquella peste inmunda: por qué algunos morían de manera absoluta para luego despertar y por qué otros seguían pareciendo vivos aunque en su interior estuvieran muertos. En cualquier caso me consta que, en mayor o menor grado, eso ha seguido sucediendo durante siglos. La iglesia habla de exorcismos y poseídos; los psiquiatras de psicópatas; los sociólogos de olas de crímenes... Son sólo muertos. Muertos en vida. Existen igual que existimos nosotros, los ahora célebres vampiros. Tenemos, mal que nos pese, ciertos rasgos comunes: una vida eterna, un hambre voraz... Pero nosotros, los que nos alimentamos de sangre, seguimos amando y odiando: sentimos, podemos ser buenos o malos, crueles asesinos o simples adictos a la sangre que satisfacen su necesidad con la de los animales. Nos reconocemos, claro está, como los buenos ladrones se identifican entre sí, y, salvo raras excepciones, solemos ayudarnos. Quizá tampoco nos haga falta competir: la sangre, lo que necesitamos para sobrevivir, abunda en este mundo y se derrama con facilidad. Si hay algo a lo que tememos es precisamente a la cercanía de los no muertos: su sangre es veneno. Un simple mordisco a uno de ellos y nuestra vida eterna se esfuma en cuestión de segundos: no es una muerte agradable, la he visto, y es como si nuestras venas se llenaran de ácido y estallaran en llamas.

Pero dejad que siga hablándoos de ese momento, de los albores del siglo XVI, de cuando esa peste empezaba a hacer estragos en los muertos de España. Mientras los afectados fueron gente del pueblo, poco se hizo al respecto. El miedo a la Inquisición callaba las bocas de los parientes: cualquier sospecha de tener tratos con los muertos podía llevar a alguien a la hoguera... El problema, el gran problema para nuestra corte, fue que la peste llamó a sus puertas y se llevó al rey Hermoso; y que su esposa, la amante y apasionada reina Juana, empezó a proclamar a voz en grito que su marido, que en vida le había sido infiel con las damas de media corte y las putas de medio país, la visitaba a ratos por las noches, metía el cuerpo frío entre sus sábanas y el miembro gélido en su interior. Cualquier otra habría sido tachada de hereje, y la pobre Juana tuvo que soportar otro sambenito: el de la locura. Encerrada por su padre en un castillo inexpugnable, aislada del mundo, sólo tenía a su confesor: el «fiel» sacerdote que la acompañaba en sus horas de dolor, que reconfortaba su alma y escuchaba sus confidencias. El mismo que, intrigado por las vívidas descripciones de la reina, empezó a investigar por su cuenta y a decir, en voz demasiado alta, que doña Juana no era una loca, sino una santa, y que los resucitados eran los elegidos de Dios.

En esos momentos la situación amenazaba con descontrolarse, algo que al poder, ya sean reyes o cardenales, no le gusta en absoluto. El confesor huyó de palacio y se dedicó a reclutar a sus muertos. ¿Su intención? Lo ignoro; tal vez creyera honestamente que eran los elegidos, los herederos de Cristo. Da lo mismo: se puso precio a su cabeza, se removió cielo y tierra y se envió a varios hombres de confianza a distintos rincones del país. Su misión: purificar a los muertos; su objetivo final: capturar al confesor que sabía la verdadera causa del encierro de Juana.

Don Diego fue uno de ellos, y, como los demás, se rodeó de un grupo de fieles a los que sedujo con su carisma: gente del pueblo que había sufrido la peste de cerca… y un par de chupadores de sangre que tenían más interés que nadie en que los no muertos no anduvieran campando por las calles. Don Diego sabía que, una vez limpiados los camposantos, y sobre todo una vez capturado el confesor de la reina, no podían quedar testigos. Por eso lo mejor era rodearse de desgraciados a los que nadie echaría de menos. Cuando llegó el momento, cuando supo que la justicia había intervenido en el camposanto deteniendo a las mujeres, comprendió que la misión había llegado al final. Por lo que él sabía, el confesor al que buscaban había quedado sepultado en aquel pueblo que luego hicimos arder. Por ello, antes de partir ordenó a Miguel que desapareciera, tal y como el propio morisco me confirmó meses más tarde; así que, llevado por un último impulso, dejó el dinero, con la esperanza de que la codicia salvara a alguno de nosotros, a mí, supongo; y por eso mismo se llevó a aquella pobre cría de la que nadie sabía nada a casa de unos amigos de Ávila. Los Cepeda cuidaron de la niña Teresa como si fuera su hija, y nada dijeron nunca de su origen, pero no pudieron evitar las pesadillas y las convulsiones, las visiones y los sueños. ¿Por qué Teresa había resultado inmune al contagio? Tal vez tuvieran razón quienes luego, años después, la calificaron de santa.

Supongo que, visto en perspectiva, don Diego hizo lo que pudo, como todos; más cuando contra él tenían algo vergonzoso, algo que podía haberle enviado a la muerte en cuanto alguien abriera la boca y soltara la verdad. Eso no me consoló entonces, ni me consuela a día de hoy, pero ahora sé que no era él el auténtico traidor: era todo un mundo el que afirmaba que nosotros nada valíamos y que nuestro silencio era necesario. Unas cuantas putas, unos cuantos buscavidas que por unos meses se creyeron héroes.

Sé que esperáis que os diga que le busqué y le di muerte. Que vengué a Inés y a los demás. Que hundí una espada en su vientre y le vi desangrarse hasta que no le quedó ni un hálito de vida. Lo deseaba, sí, y durante días y semanas albergué el sueño de matarlo. Pregunté por él, con discreción, a criados de palacio, quienes me dijeron que había partido lejos, que de él nada se sabía, y que no era yo el único que se interesaba por su regreso.

Así que esperé. Regresé varias veces a la casa donde había vivido mis mejores momentos y mi más atroz pesadilla. Sabía que algún día don Diego volvería a ella, empujado por el peso de la culpa.

La noticia de los muertos encontrados en la casa, junto con la de la bruja que se había desvanecido de las mazmorras, se convirtieron pronto en una leyenda, un cuento de misterio que se narraba a media voz y del que nadie conocía la respuesta. Yo mismo oí varias versiones del mismo: de algún modo, supongo que gracias a la aportación del buldero, el nombre de un tal Lázaro aparecía mezclado en el relato. Sonreí para mis adentros al escucharlo: según algunos, ese Lázaro había logrado salvar a una joven falsamente acusada de brujería; según otros, yo no era más que el brazo ejecutor del maligno, un ser abyecto y blasfemo que había rescatado a la bruja sólo para tener el placer de asesinarla, a ella y a sus seguidores, por haber traicionado a Satán, mi señor. La casa de las afueras se había convertido, gracias a la mitología popular, en un lugar maldito por el que rondaban los fantasmas de brujas y otros seres de la noche. En cualquiera de los casos, Lázaro era un ser que inspiraba miedo y admiración por su audacia. La leyenda creció, como crecen las llamas cuando las aviva el aire. Poco sospechaba nadie que ese mismo personaje, ya fuera héroe o villano, rondaba por los campos de la provincia, asaltando los mataderos, alimentándose con fruición de la sangre de animales recién sacrificados. Que lloraba por las noches la ausencia de la única mujer a la que había querido. Que regresaba a la casa donde había sucedido la matanza, ya libre de cadáveres, y se apostaba a la espera de saciar su otra sed: la de venganza.

El afán de unir todos los cabos de la historia guiaba también mis pasos en otra dirección; averiguar si, como dijo la niña Teresa, el sacerdote del pueblo maldito había logrado escapar antes de que selláramos su tumba para siempre. Lo busqué con la heroica idea de terminar con su vida y zanjar de una vez por todas mi lucha con un broche de oro, pero, si en verdad había huido, parecía haberse borrado de la faz de la tierra. Fueron inútiles mis esfuerzos, y acabé aceptando la realidad: si había huido, lo más probable era que hubiera embarcado hacia el Nuevo Mundo. Eran muchos los clérigos que partían hacia allí con la santa misión de evangelizar a aquellos pobres desgraciados. O tal vez aquella cría se había equivocado y el sacerdote, y su macabra doctrina, habían quedado enterrados en aquel pueblo sin nombre. ¡Qué iluso fui! Ahora sé que ni él ni sus acólitos desaparecieron del todo. Que regresan, cada cierto tiempo, con la intención de sembrar el caos, de confundir a muertos con vivos. Se aprovechan de la pobreza, del hambre, y generan el horror. No consiguen triunfar —quizá en su misma esencia de muertos esté implícito su fracaso contra los vivos—, pero siguen intentándolo, y persiguiendo a quienes sabemos de su existencia. Mi lucha, que entonces creí acabada, ha proseguido durante los siglos y sé que, algún día, me tocará librar la batalla final. Pero entonces, quizá porque me consolaba pensar que quienes se habían sacrificado por esa causa no lo habían hecho en vano, quizá porque no conseguí hallar ninguna prueba de que el cura, y su mal, seguían vivos, cesé en esa persecución y encaucé mi odio hacia alguien a quien sí podía encontrar.

Don Diego regresó una noche, cuando yo casi había perdido la esperanza de volver a verlo. Mis visitas nocturnas a la casa, embrujada según la opinión popular, no habían hecho más que dar fuerza a la leyenda. «Una sombra ronda por allí», decían las madres a sus hijos. «No os acerquéis a la casa después de la puesta de sol.»

Lo vi avanzar hacia la puerta y reconocí su porte, sus ricos ropajes, el aire de caballerosidad que le había

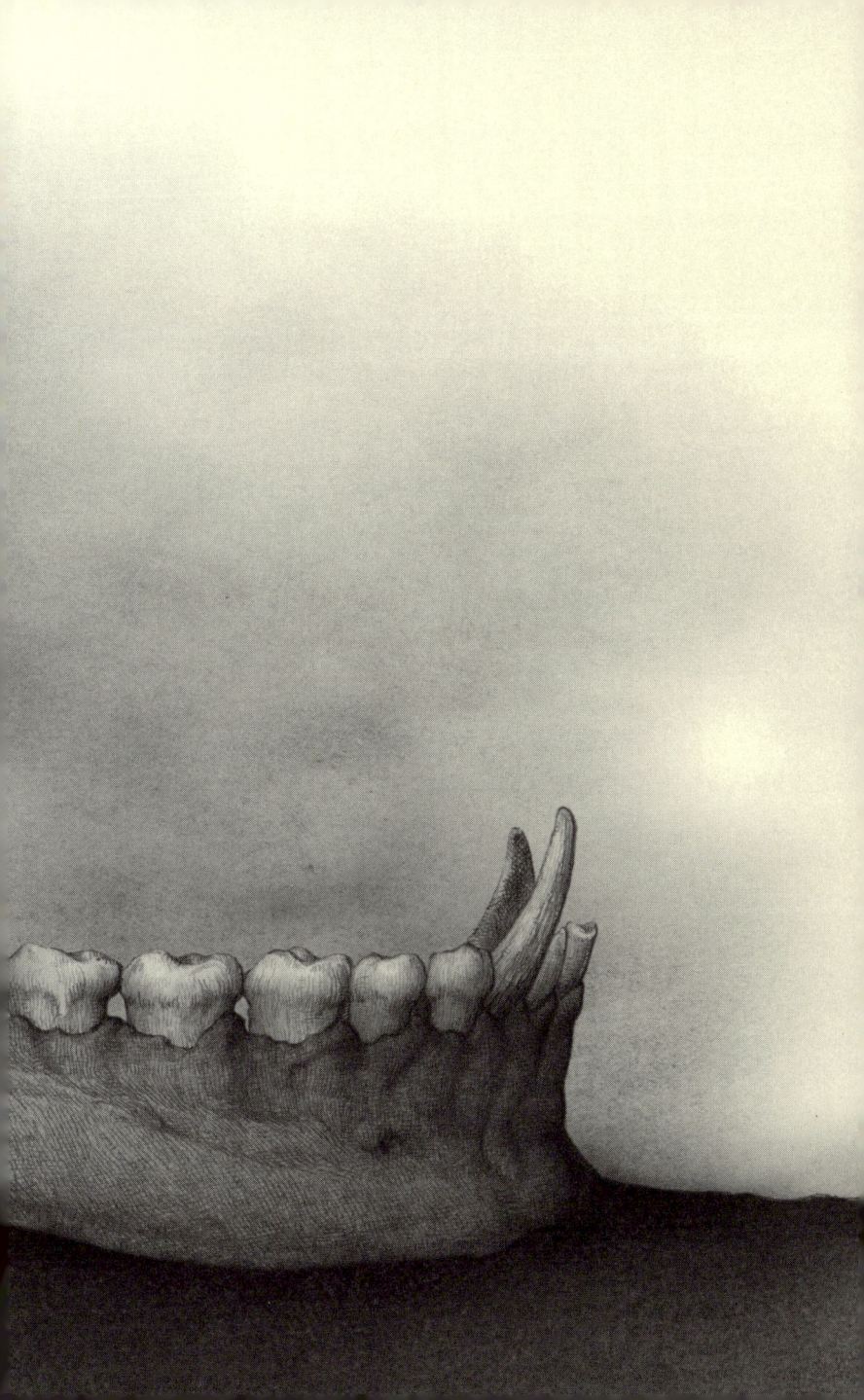

La casa de las afueras se había convertido,
gracias a la mitología popular, en un lugar maldito,
por el que rondaban los fantasmas de brujas
y otros seres de la noche.

granjeado nuestra confianza. A través de la ventana vi cómo encendía el candil y lo depositaba sobre la mesa. Su silueta negra despertó mis peores instintos; apreté el puñal que siempre llevaba conmigo y caminé hacia la puerta.

Entré en la casa. Vi que se había sentado frente a la mesa y que había hundido la cara entre las manos. El ruido de la puerta al cerrarse le hizo levantar la cabeza. Su mirada expresó un súbito temor, instintivo, seguido de algo que recordaba al alivio, a la resignación. Respiró hondo antes de hablar, y continuó inmóvil. Yo sostenía el puñal con firmeza.

—Los dos hemos vuelto —dijo con amargura.

—Sabía que un día u otro regresaríais. Os esperaba.

Asintió.

—No es tan fácil olvidar.

—Lo sé.

Me miró a los ojos.

—No voy a intentar disculparme. Sé que tal vez no lo comprendas, que no puedes comprenderlo, pero no había otra opción. A pesar nuestro, otros escriben los destinos de gente como tú y como yo. Podemos aceptarlo o luchar contra ello: eso no varía el resultado final.

—¿Estáis seguro?

Vi en sus ojos que no lo estaba, que lo que acababa de decir era el mensaje que se había repetido una y mil veces para sepultar su culpa.

—Vos sabéis que no es cierto, don Diego, o al menos sabéis que merece la pena luchar. Podríais...

podríais habernos advertido. —Noté que un nudo de rabia y lágrimas me enmarañaba la voz—. Como avisasteis a Miguel... Quizá entonces podríamos haber escapado.

—Ya te he dicho que no voy a disculparme. Hice lo que hice, y estoy dispuesto a aceptar la penitencia.

Y supe, supe con absoluta certeza, que don Diego no opondría resistencia, que su cuerpo recibiría mis puñaladas como si en lugar de la muerte lo que le proporcionaran fuera el descanso.

—Has venido a matarme, Lázaro. Y tienes muchas razones para desear verme muerto. Acaba de una vez.

Cerró los ojos y esperó. Me acerqué a él y me situé a su lado. Clavé el puñal en la mesa con fuerza.

—¡Mataos vos! —le susurré al oído—. Tened la dignidad de poner fin a vuestra asquerosa y cobarde vida.

—¿Crees que no me gustaría? —Esbozó una sonrisa triste—. No puedo, Lázaro... Más de una vez he cogido una soga y la he anudado hasta hacer una horca. Incluso la he colgado de una viga y la he puesto alrededor de mi cuello; he apretado el nudo, he sentido el arañazo de la cuerda en la piel...

Me reí.

—¿Intentáis despertar mi compasión? ¡Nadie se lo pensó dos veces antes de degollar a Inés!

—¿Por qué no os marchasteis? —En su voz había rabia—. Os dejé el dinero, os concedí un día de plazo, retuve a los soldados cuanto pude con la esperanza de que cuando llegaran estuvierais ya lejos...

Yo sabía por qué. Porque habíamos confiado en

él... Y porque yo, estúpido Lázaro, había querido jugar a ser un héroe para Inés. Comprendí entonces que ambos, por razones distintas, vivíamos sometidos al peso de nuestros errores. Y también que la muerte, esa muerte que don Diego anhelaba con la misma fuerza que yo, sería para los dos una liberación. Sonreí. No... No era ése el castigo que merecía don Diego, sino otro más cruel.

Le cogí del cabello y eché hacia atrás su cabeza. El gesto lo pilló por sorpresa y sus ojos, muy abiertos, se posaron en la daga que seguía clavada en la mesa.

—No vais a morir, don Diego... —susurré—. Al revés, os aguarda una vida eterna.

Se debatió, pero fue inútil. Mis dientes se clavaron en su cuello con una fuerza tal que un chorro de sangre salpicó la mesa. Se convulsionó, como un poseído por el diablo. Luego cayó hacia delante y se quedó inconsciente.

Saboreé aquel líquido espeso y caliente, tan distinto al que había probado hasta entonces. Más dulce. Estaba tan absorto en esa sensación nueva, aquel poder total y absoluto que me hacía vibrar, que no oí la puerta. Sólo su voz.

—¿Te gusta la sangre humana? Sabe bien, ¿verdad?

Tardé unos instantes en reconocerle.

—Dámaso...

—Buenas noches, Lázaro.

—¿A qué has venido? —pregunté—. Huiste, te salvaste...

—También yo perdí mucho aquella noche.

—Lo sé.

Hubo una pausa tensa. Silencio. Me relamí los labios, apurando una última gota de sangre.

—Los dos la queríamos —dijo él.

—Los dos tenemos que vivir sin ella —repliqué.

Me miró. Sentí su desprecio y su lástima. Lo que compartíamos, el dolor que nos marcaba a fuego, era lo mismo que nos separaba.

—Quisiste ser un héroe —dijo con voz dura.

No contesté.

—Tu nombre se pronuncia en las tabernas, a media voz. Lázaro, el que salvó a la bruja; Lázaro... Te estás ganando toda una reputación.

—No he hecho nada para alimentar esos rumores.

—Me consta. —Y sonrió—. Pero yo haré algo para acallarlos.

Supongo que ésa fue su triste venganza. Y que disfrutó llevándola a cabo. Igual que yo había condenado a don Diego a una eterna vida de pesar, él se dedicó a convertir a Lázaro de Tormes en un mozo ridículo y pícaro, que acababa su relato cornudo y contento. Nada hay de heroico en el lazarillo, un pobre desgraciado que sobrevive gracias a sus trapicheos y que carece de la menor noción de honor... No se dio cuenta, sin embargo, de que su relato, ingenioso y pensado para humillarme, servía a la vez como respaldo de una mentira oficial. Cuando se lo dije, muchos años después, cuando el resentimiento perdió fuerza y nuestros largos caminos volvie-

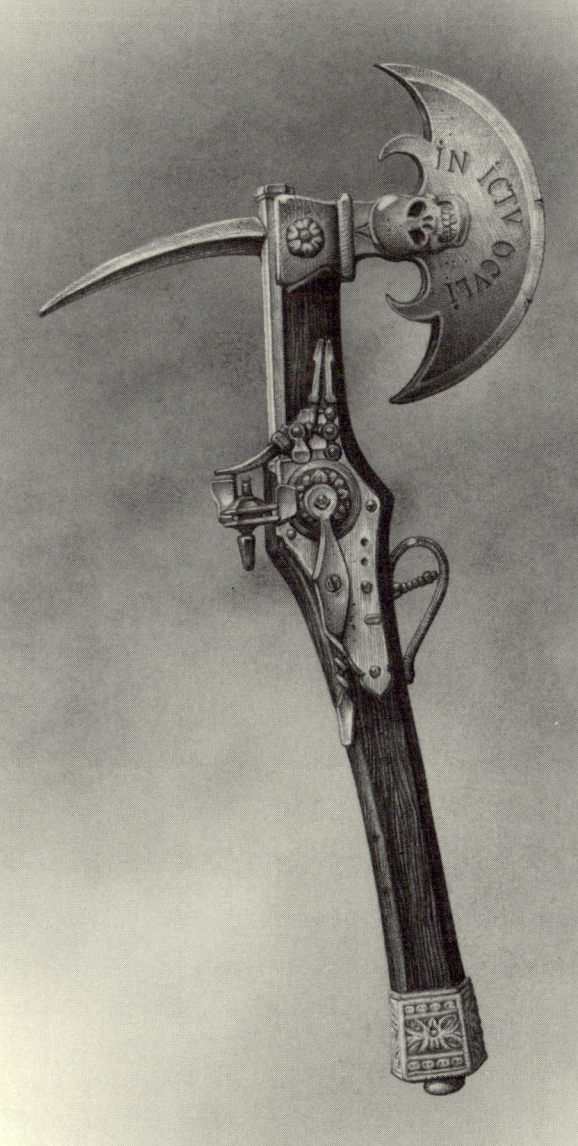

—No vais a morir, don Diego... —susurré—. Al revés, os aguarda una vida eterna.

ron a cruzarse, tuvo que darme la razón. Los no muertos nunca existieron, la plaga que asoló España y que hizo tambalear la monarquía nunca tuvo lugar. Doña Juana murió loca, tal y como interesaba a todas las partes, y de su confesor no se ha sabido nunca el menor detalle. Su hijo Carlos fue coronado rey, y los que ordenaron la muerte de Inés ejercieron de consejeros de la Corona, cómodamente aposentados en sus lechos de plumas. Nada se ha dicho de los que luchamos contra la peste y los que murieron por ella. Dámaso acabó a propósito con la leyenda de ese falso héroe llamado Lázaro, pero a la vez sepultó en el olvido a quienes fueron de verdad mártires a su lado. No hay lugar en la versión oficial para el pueblo anónimo. Para los desechos de la Corona.

14 de septiembre de 2009 / 4.30-6.00

Mientras en el exterior la tormenta seguía sacudiendo sin tregua la ciudad dormida, Joaquín Arroyo realizaba el segundo descubrimiento extraño de la noche. Había llegado al final de la ronda y entrado en la habitación 1205, ocupada por Cristina M. S. y Rebeca T. G. Eran dos de sus pacientes preferidas, sobre todo la segunda. Hija de un exbanquero venido a menos, la joven Rebeca se había erigido en una líder entre las pacientes anoréxicas del hospital por sus constantes desafíos a las dietas y los escándalos que montaba en las terapias. A pesar de que su alarmante delgadez la había llevado a las puertas de la muerte en un par de ocasiones, Rebeca no se daba por vencida. Joaquín sabía que el doctor Torres y la doctora Bermejo se habían planteado incluso su traslado dada la influencia que ejercía sobre las demás pacientes, pero una rápida visita del padre de la joven, quien, aun en horas bajas seguía teniendo más que la mayoría, los había persuadido de concederle un mes más de estancia en aquella institución. A Joaquín le gustaba Rebeca porque era descarada, pija hasta la exasperación, y porque combinaba un rostro angelical con una lengua endiablada. Su compañera, Cristina M. S., era un pálido reflejo de los talentos y defectos de Rebeca, una aprendiza de princesa que nunca pasaría de dama de compañía.

Joaquín asomó la cabeza hacia el interior de la 1205 con cuidado. No era la primera vez que Rebeca proclamaba, a voz en grito, que ese «gordo seboso se queda mirándome mientras duermo, el muy cabrón». Unos segundos después, abría la puerta de par en par y trataba de encender la luz. Trataba porque, como descubrió en ese mismo instante, la tormenta debía de haber provocado un corte en el suministro eléctrico. No sólo la habitación siguió a oscuras, sino que en el pasillo se encendieron esas luces mortecinas de emergencia que conferían al espacio el aspecto de un andén de metro mal iluminado. Con luz o sin ella, saltaba a la vista que las dos camas de la 1205 estaban vacías. El enfermero soltó un taco, maldiciendo su suerte de aquella noche. ¿Qué coño estaba pasando? Primero el chiflado de la 1525, ahora estas dos... A un paso más ligero del habitual se dirigió hacia su cubículo, situado al otro extremo del pasillo, dispuesto a avisar a seguridad.

Caminaba intranquilo cuando oyó un rumor a su espalda. Los pequeños fluorescentes grises parpadearon. El sudor, eterno enemigo del pobre Joaquín Arroyo, comenzó a empaparle la frente. El rumor se repitió. El enfermero se detuvo en mitad del pasillo; a ambos lados quedaban las puertas de las habitaciones. Muy despacio, como quien copia disimuladamente en un examen, fue volviendo la cabeza. Exhaló un suspiro de alivio cuando distinguió los dos camisones blancos que se habían parado en medio del sombrío pasillo.

—Ah, sois vosotras... —dijo, dando un paso hacia ellas—. ¿Qué hacéis aquí a estas horas? Venga, a la cama...

Al verlas de más cerca, Joaquín tuvo ocasión de comprobar dos cosas: que las dos pacientes no eran las ocupantes de la habitación 1205, y que a ellas, procedentes de las distintas habitaciones, se iba uniendo el resto de enfermos en una especie de desfile silencioso.

—¿Se puede saber qué...?

Un trueno ahogó el final de la pregunta del enfermero. Las débiles luces se apagaron solo un momento. Cuando regresaron, los pacientes habían avanzado unos metros y habían vuelto a detenerse.

—¿A qué coño estamos jugando?

Eran siluetas que reconocía bien, aunque se movían de forma extraña, como torpes robots de peli de serie B. Ni siquiera parecían respirar.

Llegado este momento, a Joaquín le sudaban hasta las cejas e, intentando no ahogarse y hacer gala de una serenidad que no sentía, se volvió hacia su cubículo, convertido en su mente en un refugio seguro, y dio dos pasos hacia él. Supo, sin necesidad de volver la cabeza, que la comitiva imitaba sus gestos. Dos pasos. En condiciones más normales habría jurado que le estaban gastando una broma, pero la semioscuridad del pasillo, la lluvia que flagelaba los cristales con renovado vigor y el silencio sepulcral que reinaba entre los pacientes conformaban una atmósfera opresiva. Cual rata en un laberinto, Joaquín comprendió, por puro instinto, que su única posibilidad era aprovechar la ventaja y correr hacia su blanco cubículo; encerrarse dentro a cal y canto y dar la voz de alarma.

Así que salió disparado como si un resorte le impulsara hacia delante. La puerta estaba cada vez más cerca e intentó ignorar los pasos ligeros que resonaban a su espalda. Consiguió alcanzar la puerta, pero no abrirla. Su mano húmeda resbaló sobre el pomo en un instante fatal. Luego sólo notó un fuerte golpe en la espalda que lo estampó contra la madera blanca, y unos dedos que le cogían del cuello de la camisa y tiraban de él hacia atrás.

El doctor Torres había abandonado la lectura del manuscrito en cuanto se fue la luz de su despacho y, según parecía, de todo el hospital. Intentó comunicarse mediante el interfono con seguridad, pero fue inútil. Así que, dado que era un hombre concienzudo que no dejaba nada a medias, decidió terminar de leer con la ayuda de una linterna que, hombre previsor, guardaba siempre en un cajón de su escritorio. El timbre del teléfono le sobresaltó. Era su mujer que, a esas horas, parecía presa de un ataque de pánico. La tormenta no la dejaba dormir (la tormenta y las siestas que te pegas cada tarde, cariño, pensó él) y para colmo su hijo menor no había vuelto aún a casa. El doctor aguantó el chorreo, que se sabía de memoria, y balbuceó las mismas respuestas de siempre. Hablaría con él. Sí. Esto no era un hotel. No. Había ciertas normas. Claro. Que me tienen ya muy harta, Quique. Tranquila. Y no me vengas con que son jóvenes... La comunicación se cortó de repente y el psiquiatra esbozó una sonrisa, ansioso de sumergirse de nuevo en la lectura. Un golpe sordo le distrajo durante un momento, pero, como ya estaba harto de interrupciones, no le hizo más caso y encaró la parte final del manuscrito de aquel chiflado.

Mientras aquellos pacientes amotinados (a Joaquín no le quedaban ya dudas de que estaba viviendo un motín en toda regla) lo arrastraban por el pasillo, el enfermero pudo ver, entre las piernas escuálidas y los pijamas de rayas, cómo las dos enfermas de la 1205 estaban haciendo lo mismo con la vigilante de seguridad, y la languidez de aquel cuerpo le alarmó aún más. Forcejeó e intentó gritar, pero uno de ellos le propinó un puntapié en la cara y se calló de golpe. Vio que le metían a rastras en la 1205 y cerraban la puerta. Entonces, horrorizado, comprobó que en una de las camas yacía el cuerpo inerte de María del Pilar y que él parecía destinado a ocupar el otro lecho vacío. Entonces sí que gritó, gritó hasta quedarse ronco, pidió ayuda y se debatió, pero sólo consiguió acabar atado a la otra cama con la misma cuerda que había comprado en una página web dedicada a los juguetes eróticos y que guardaba, junto con otros artículos, en una bolsa cerrada de su taquilla en el hospital.

Una mano le sostenía la cabeza, de lado, obligándole a mirar hacia la cama donde se encontraba la vigilante de seguridad. Un esparadrapo sobre la boca le impedía gritar. Tenía las manos atadas a los barrotes del cabezal y dos de ellos se habían sentado sobre sus pies. Así pues, indefenso y aterrado, Joaquín Arroyo pudo presenciar el horrendo espectáculo que se desarrollaba a pocos pasos. Pudo ver su futuro y sufrir por él de antemano. Pudo ver cómo aquellos desalmados, aquellas chicas y chicos adolescentes que hasta ese día había considerado pobres pacientes, devoraban con saña el cuerpo muerto de María del Pilar Gómez. Y mientras lo veía, mientras sus ojos contemplaban aquella carnicería humana, rezó para que esos monstruos quedaran satisfechos con un solo cuerpo. Rezó, en definitiva, para no ser el segundo plato.

El doctor Torres releía las últimas páginas del manuscrito cuando la linterna se quedó sin pilas. Haciendo gala de una templanza que habrían deseado muchos monjes budistas, no lanzó el maldito aparato contra el suelo ni maldijo esa ley que hacía que lo contratiempos nunca vinieran solos. Enrique Torres era un hombre práctico que se enfrentaba a los problemas. Los resolvía. Así que, sin pensarlo dos veces, salió de su despacho y se dirigió al mostrador de seguridad, convencido de que los guardias podrían prestarle otra linterna. Mientras caminaba hacia allí, su mente seguía dando vueltas al elaborado delirio que acababa de leer. Era, sin duda, la obra de un paranoico de primera. Alguien que no sólo se creía un personaje de ficción, sino que había incorporado a su fantasía todos los elementos de los manuales de psiquiatría: ese tal Lázaro no sólo era la víctima de una conspiración ordenada desde las alturas sino también de una plaga de índole sobrenatural. Creía ser también, o al menos eso había deducido el médico, un vampiro condenado a vivir eternamente. Y fue entonces, en la escalera que conducía a la primera planta, donde se hallaban las habitaciones de los enfermos, cuando recordó el otro objeto que había sacado del macuto del enfermo. El termo con sangre.

De repente la situación empezó a no gustarle nada, y la oscuridad que reinaba en la escalera menos aún. ¿Y si aquel paciente era peligroso al fin y al cabo? Entonces distinguió algo, un ruido, y se detuvo antes de llegar al descansillo.

—¿Quién anda ahí?

No hubo respuesta y, muy despacio, el doctor Torres siguió bajando. Llegó sin problemas a la primera planta y habría continuado de no haber sido porque, entonces sí, unos fuertes golpes resonaron en el pasillo que se extendía ante él. Sin saberlo, el médico tuvo que tomar una decisión que implicaba graves consecuencias. Podía haber hecho oídos sordos, haber llegado hasta el mostrador de seguridad y, al verlo vacío, haber salido a la calle. Incluso podía haber desandado sus pasos, regresar a su despacho, encerrarse en él y usar el teléfono móvil para comunicarse con el exterior. Claro que es fácil decir esto ahora, pero en ese momento el doctor Torres hizo lo que seguramente hubiéramos hecho todos. Buscar el origen del tumulto. Dirigirse con paso firme a la habitación 1205.

La puerta de la 1205 estaba entornada, y el psiquiatra la empujó y entró en ella casi sin darse cuenta. Tardó unos segundos en reaccionar. Lo que veían sus ojos era demasiado sorprendente para que su cerebro lo procesara de inmediato.

Varias caras se volvieron hacia él. Eran sus pacientes, se dijo, atónito, y estaban... Reconoció a Rebeca y a Jorge, ambos con las barbillas manchadas de rojo. Se habían incorporado de la cama donde yacía, atado, el hombre que con sus gritos de dolor le había llevado hasta allí. El doctor dio un paso atrás; los jóvenes pacientes lo miraban con ojos muertos y una sonrisa ávida en los labios.

Saltaron sobre él, aunque en un alarde de reflejos el psiquiatra consiguió cerrarles la puerta en las narices y correr hacia la escalera. Sus pasos resonaron en el pasillo. Fue una carrera breve y condenada al fracaso. Resbaló y cayó de espaldas. Su cabeza fue rebotando contra los escalones. Luchando por mantener la consciencia perdió unos segundos vitales, y cuando intentó incorporarse se vio rodeado. Y entonces, cuando su mente embotada intentaba dar órdenes a sus inertes miembros, notó cómo lo levantaban en el aire y comprendió, con esa claridad que nos acompaña en los momentos más relevantes de la existencia, que no saldría vivo del hospital. Que el 14 de septiembre de 2009 sería la fecha, desconocida hasta entonces, que figuraría al lado de la de su nacimiento en la tumba a la que su esposa llevaría flores, siempre naturales, que se irían marchitando al mismo tiempo que se desvanecía el recuerdo de su paso por este mundo. La última imagen que le vino a la cabeza fue la de un jarro con flores secas, crisantemos lacios sobre una lápida olvidada.

Resulta muy difícil saber qué sucedió después de la muerte del doctor Enrique Torres, acaecida, según el informe forense, alrededor de las 6 de la madrugada de aquel fatídico 14 de septiembre. A partir de ese momento no existe la menor constancia de lo sucedido en el hospital de San Bartolomé, así que todo queda en el terreno de la especulación.

Cuando las fuerzas del orden entraron en el hospital hallaron los cuerpos sin vida del doctor Enrique Torres Rojo, del enfermero Joaquín Arroyo Muñiz y de la vigilante de seguridad María del Pilar Gómez Cuenca. Los dos hombres habían muerto a dentelladas: sus cuerpos habían sido devorados y sus vísceras sacadas de sus cuerpos. Por lo que se refiere a la mujer, su fallecimiento se debió a un fuerte traumatismo craneal, aunque su cuerpo presentaba heridas de dientes parecidas a las que se apreciaban en el de las otras dos víctimas.

Ésos no fueron, sin embargo, los únicos cadáveres hallados en el hospital. La macabra escena se completaba con los cuerpos sin vida de los ocho pacientes, seis mujeres y dos hombres, de entre 16 y 23 años de edad, que los agentes de policía fueron hallando, diseminados, por todo el centro hospitalario. Se ignora, a día de hoy, si los ocho pacientes, tras haber devorado a las primeras víctimas, se enzarzaron en una pelea a muerte por los pasillos o si hubo alguien, una tercera o terceras personas, que terminaron con sus vidas de manera sistemática y despiadada. Surge así el nombre de Juan Dámaso Villar, agente de seguridad que se encontraba de servicio en el hospital en la citada noche y del que no se han tenido noticias desde entonces.

Capítulo aparte merece la enigmática escena del paciente huido, Lázaro González Pérez, que dejó tras de sí el manuscrito en el que muchos han creído ver la explicación a este fenómeno, el cual, hasta el día de hoy, dos meses después de la primera masacre, se ha repetido en otros cuatro centros hospitalarios con resultados trágicos.

Han muerto ya veintiocho personas, y mientras las autoridades médicas y policiales siguen investigando con resultados desiguales, existe tan sólo un dato fiable: los afectados, pacientes psiquiátricos en su mayor parte, padecían algún trastorno alimenticio. Se teme que la epidemia empiece a cobrarse víctimas entre la población no ingresada y se están analizando todos los fármacos que se utilizan para tratar casos de inapetencia, trastornos obsesivos y otros medicamentos de índole similar.

Por el momento, sin embargo, la «macabra cena»

de San Bartolomé sigue siendo un misterio sin resolver, y los nombres de Lázaro González y Juan Dámaso Villar figuran entre los más buscados por las fuerzas del orden público.

12 de noviembre de 2009
J. D. BARRERA

Juan Diego Barrera es periodista y escritor especializado en temas paranormales. Sus libros sobre vampirismo y otros fenómenos sobrenaturales le han granjeado una sólida reputación entre los aficionados al género.

Primera edición: noviembre de 2017

© 2010, 2017, Lázaro González Pérez de Tormes
© 2010, 2017, Penguin Random House Grupo Editorial, S. A. U.
Travessera de Gràcia, 47-49. 08021 Barcelona
© 2017, Óscar Sanmartín Vargas, por las ilustraciones

Penguin Random House Grupo Editorial apoya la protección del *copyright*.
El *copyright* estimula la creatividad, defiende la diversidad en el ámbito de las ideas
y el conocimiento, promueve la libre expresión y favorece una cultura viva.
Gracias por comprar una edición autorizada de este libro y por respetar las leyes del *copyright*
al no reproducir, escanear ni distribuir ninguna parte de esta obra por ningún medio sin permiso.
Al hacerlo está respaldando a los autores y permitiendo que PRHGE continúe publicando libros
para todos los lectores. Diríjase a CEDRO (Centro Español de Derechos Reprográficos,
http://www.cedro.org) si necesita fotocopiar o escanear algún fragmento de esta obra.

Printed in Spain – Impreso en España

ISBN: 978-84-663-3990-2
Depósito legal: B-20.817-2017

Compuesto en M. I. Maquetación, S. L.

Impreso en Limpergraf
Barberà del Vallès (Barcelona)

P 3 3 9 9 0 2

Penguin
Random House
Grupo Editorial